菜菜子，恋爱吧

[日] 黑孩 —— 著

上海文艺出版社
Shanghai Literature & Art Publishing House

目 录

| 001 | 教练是我爸爸就好了　一
| 013 | 海沫这个名字起得好　二
| 021 | 他看我的眼神有那个意思　三
| 027 | 如果你是我的女儿就好了　四
| 033 | 我是那一边的人　五

| 040 | 感觉上跟一家人似的　六
| 048 | 不给他回信就是在惩罚他　七
| 056 | 我没有去过意大利的比萨斜塔　八
| 064 | 两块面包夹一块火腿和一个煎鸡蛋　九
| 071 | 以后请多多关照　十

十一　我想知道时间是什么　|079|

十二　海沫的妈妈干吗去了　|085|

十三　他将七个小盘子在眼前排成一列　|093|

十四　床板咯吱咯吱地响了一阵　|098|

十五　三个人搞不好真的会走散了　|107|

十六　没想到它就那么跑掉了　|114|

十七　真想跟你来一次呢　|121|

十八　而且你太太活蹦乱跳的　|128|

十九　每一个人都要自觉不自觉地接受人生的考验　|135|

二十　我能为他做的事情就是亲亲他　|143|

| 150 | 我在信中只写了两个字：加油 二十一

| 160 | 只要吃喝拉撒睡没问题就可以了 二十二

| 168 | 好像你又多了一个儿子了 二十三

| 175 | 医疗事故 二十四

| 184 | 动物不过是商品而已 二十五

| 189 | 一个人从来也不会是百分之百的痛苦 二十六

| 196 | 两个人的力量总比一个人的力量要大 二十七

| 205 | 说不清令人难受的东西是什么 二十八

| 210 | 生不如死与安乐死 二十九

| 215 | 真是一波未平一波又起 三　十

三十一 海沫给教练的七十八条留言 /222/

三十二 当它再回家的时候，已经成为遗体了 /230/

三十三 小林院长是一个人道主义者 /238/

三十四 蓝的是水，白的是天 /244/

三十五 龙介的猫 /251/

三十六 从裁判所来的传票 /257/

三十七 注定要发生的事，躲也躲不开（一） /262/

三十八 注定要发生的事，躲也躲不开（二） /270/

三十九 权当是告别 /277/

四　十 请多多关照 /279/

一 教练是我爸爸就好了

今天是我第一次参加学校篮球队的远征,真的很兴奋。妈妈几天前就开始怨言不断,对我说:"不过是高中生的暑假练习罢了,又不是专业队,在学校的体育馆练习就行了,非要跑到金泽那么远,又要花交通费,又要花旅馆费。一定就是你们教练自己想去金泽,不过借用篮球队的名目罢了。"

我也不明白教练干吗非要跑到老远的金泽去练球。

早上妈妈送我出门的时候,看见她穿着白色的睡衣,将叠得整整齐齐的几千元递过来,我心里觉得热乎乎的。妈妈对我说:"你可不要嫌我啰唆,谁叫我是你妈啊。你听我说,虽然有教练带队,你自己还是要好好保重,最主要每顿饭都要吃饱,每天晚上都要睡好。"我一声不响地接过两千元。妈妈又说:"虽然时间早了点儿,但你还是走吧,留点儿余地的话,路上可以慢慢地走。"

我跟妈妈挥挥手，说了一句"我走了"，就出了家门。妈妈一直送我到大门口，我故意不回头，因为这也是我第一次离开妈妈。

我穿着学校篮球队订制的队服，白色的带领的T恤衫，藏青色的短裤，白色的运动鞋。球鞋球衣以及睡衣和日用品等，已经由快递公司提前送到金泽那边的旅馆了。肩上的背包很轻，里面只装了一个水筒和一把折叠伞。这个时间正是上班的高峰期，月台上的人很多，人们排着一列列长队。我想起要跟妈妈说点儿什么，从裤袋里掏出手机，想打电话，又觉得发一封短信比较好。再说了，我敢打赌，妈妈此刻肯定用GPS追踪到我的位置了。我不在妈妈身边的时候，妈妈动不动就用GPS追踪我的位置，根本不顾及我已经是个大人了。如果同学们知道我和妈妈之间用GPS相互查询对方的位置，一定会大笑不止。我心里明白，只要我还没有嫁人，妈妈永远都会悬着她的心，放不下来。妈妈有一个荒唐的观念，觉得女孩跟男孩不一样，男孩就不需要过分担心。其实，妈妈的观念很陈旧了，时代发展到今天，男孩也一样不安全了。

爸爸早就死了，是妈妈一个人把我拉扯大的。死过亲人的人，差不多都有一个缅怀逝者的地方，就是跟亲人曾经一起去过，并留下深刻印象的某个地方。生者到那个地方去，相信时光停留在那里，布满了灰尘，但只要拨开尘土，就可以跟逝者见个面。我却没有这样一个缅怀逝者的地方，因为早把爸爸忘记了。说真的，我对爸爸没什么印象。他活着的时候，白天去工场上班，晚上回到家就吃饭，不到八点就睡觉，也强迫我在八点前睡觉。我不记得跟他一起做过什么开心的事，也不记得有过什么愉快的对话。他对我来说，更像是一个陌生人。他死后，我跟妈妈相依为命。妈妈跟我一起吃饭，一起睡觉，一起度过了我成长的每一刻。可以这么形容：妈妈是我的避难所。如果没有这些原因，妈妈用GPS追踪我，我就不会不生气，也不会不反对的。

到了新宿，一下车我就直奔女厕所。在洗手间的大镜子前，我小心翼翼地从背包里取出小粉盒，很仔细地在面颊上扑了一层白粉。白粉是我昨天在百元店买的便宜货，但有一股甘甜的香味。我一直偷偷地将它藏在身上，连洗澡的时候都藏在要换洗的衣服下面。我不想让妈妈知道我已经在化妆了，怕她会胡思乱想。也难怪她胡思乱想，怎么说呢？按照常理来说，高二的学生应该是十七岁，但我已经二十岁了，已经是成人了。为什么我二十岁了还是高中生，原因不太想说，事实是我曾经因为健康的原因休学了三年。我最不喜欢人家问我的年龄了，肯定会扯到休学的问题上，所以即使有人问到我的年龄，我也绝对不做回答。偶尔就会招来一些令人不愉快的猜测和闲话，但我也不在乎。

快到出发的时间了，教练还没有来，队友们都开始担心他是不是睡过了头。我将脸贴到大巴的窗玻璃上，宽敞的汽车站人流匆匆，但没有我熟悉的教练的身影。

教练在学校教世界史，也兼我所在班的班主任。有一点必须说明，我所在的高中是女子校，学生都是女生。女生平时爱喊喊喳喳，有关教练的各种传言都吹到我的耳朵里。比如教练毕业于横滨国立大学教育学部的心理学科，今年四十五岁，结了婚，有一个儿子。教练的太太厉害，是大东文化大学的教授。教练的儿子更厉害，是东京大学的现役大学生。在我的眼睛里，教练的人生像一幅华丽的风景画。相比之下，我跟妈妈的人生，却像一把坏掉了弹簧的旧椅子。人跟人最好不要比，心理上会出现倾斜。上世界史课的时候，教练说东道西，我却盯着教练一双明亮的眼睛想入非非。好多次我这样想：如果在出生的时候，选择教练这样的人做爸爸就好了。如果教练是我爸爸就好了。但总是来不及兴奋就开始难过了，我总会同时想到另一个问题：也许我是奔着妈妈才投生的呢？妈妈只有我一个女儿，而且很爱我。人生无奈，但也不至于太悲观。我茫然地想过，几年后，等我可以找男人结婚的时候，就找一个像教练这样的男人。

刚听见有人说"教练来了"，教练就已经背着一个特别大的包出现在车门口，大声地冲着我们喊了一句"早上好"。我早已经断定教练会坐到我身边的空位，因为这里离车门最近。我闭了一下眼睛，随即睁开，教练果然站在我的身边。也许是他赶得急了点儿，我能听见他的呼吸声，甚至能感觉到他呼吸里的一阵阵炽热。他正把大背包举过头顶，放在行李架上。我还是第一次，这么近距离地看一个男人胳膊上隆起的肌肉疙瘩，心里涌起一阵兴奋。他并没有意识到我在看他的胳膊，"嘿嘿"地朝我笑了一下。我冲着他点了一下头，觉得心跳到嗓子眼了。

司机开始启动大巴，几分钟后上了高速公路，窗外的风景急速地变化着。队友们在叽叽喳喳地聊着天，有人说起明年高考的事，使我想起了上个星期的三者面谈。教练对妈妈说："菜菜子的成绩很优秀，如果高考前能够一直维持这样的成绩，那么，不管她想去哪一所大学，只要有名额，我都可以推荐校长写推荐信的。"妈妈喜出望外，对教练一连说了好几次"谢谢"和"拜托了"之类的话。

菜菜子是我的名字。至于教练说的推荐，就是国内的自主招生。日本的大学并不十分注重学生有什么目标，大部分只是书面审查和面试，一部分会有小论文和笔试。按说名额很少，有这种机会的人不多。对我来说，推荐入学有两个好处，一是可以省报名费和补习班的学费；二是可以百分之百地去那种普通应试很难考上的一流大学。比如国际基督教大学（ICU）和上智大学，排名仅次于早稻田和庆应。私下里，我希望去ICU。我喜欢那里的少人数教育和重视班级对话的教养教育。并且，我非常想在将来能够说一口流利的英语，而ICU只用英语授课，私下里我们称这种授课为"英语淋浴"。

　　我一直藏着个小心眼，觉得教练跟许多学生的父母都说过推荐入学的事，跟妈妈可能也是随口那么一说。至于我，为了妈妈，毫无疑问想得到推荐入学的机会，但如果想机会到手的话，班主任的认可非常关键。话说我在进了篮球队以后，所有的练习和比赛，一个不落地都参加了，原因是教练特别在乎队员平时是否参加练习，练习的时候是否认真。我在练习的时候总是全力以赴。这一招很管事，每一次正式比赛，教练肯定点我的名字让我出场。我被任命为篮球队的队长，究其原因，除了我的年龄比其他的队员大两岁，更主要还是缘于平日持续下来的这份努力。

　　刚才在新宿的厕所化妆耽误了一点儿时间，于是只能坐到靠近车门的座位，想不到教练现在就坐在我的身边，既令我喜出望外，又令我不自在。不可思议的是，最近一见到教练，我就会产生莫名奇妙的惶恐，知道是想亲近他，但又搞不清这种亲近是想套近乎的那种亲近，还是喜欢的那种亲近。我从来不化妆，为了这次远征，却偷偷地去百元店买了化妆用的白粉。我心里很明白，化妆是为了教练，是想他觉得我好看。虽然这是我第一次化妆，化得不是很好，但白粉还是使我看起来比平时白净了很多。

很高兴教练马上就注意到这一点了。他对我说："你化妆了吧，更好看了。"我觉得脸热起来，点了点头，故意说只是涂了一点儿白粉而已。他说："虽然只是涂了点儿白粉，但整个人的感觉都不一样了。"我喜欢他夸我，高兴得有点儿手足无措。但就在这个时候，他突然叫我的名字，问我有没有过二十岁的生日。

这是教练第一次直呼我的名字。本来我已经说"是"了，却又连着点了好几次头。大巴里虽然开着空调，我的身体却开始冒汗。我从衣袋里掏出手帕，沾了沾额头上突然渗出的汗水，又下意识地看了看四周。队友们正聊得兴致勃勃，没有人在乎我们的对话。没想到刚跟我说了两句话，他就扯到了我的年龄。他的不经意破坏了我的心情。我沮丧地看着窗外，决定不再跟他说话。公路的对面是新翻过的菜地，给人湿漉漉的感觉。想象阳光掺和着泥土的馨香,我的心情竟又明快了起来。他不断地侧过脸来看我,我觉得他可能喜欢我,但又不敢肯定。

看见我用手帕对着脸扇风,教练问我是不是觉得热。我说是。于是他将车体上方的空调孔对着我的头顶吹。过了一会儿,他突然问我有没有男朋友。我吃惊地"啊"了一声,朝他瞟了一眼,但看不出他的表情有什么特殊意味。在我的记忆里,他从来没有对女学生问过这么私人的问题。他今天怪怪的,我觉得他的哪根神经好像出现了毛病。我小声地回答说没有,然后将身体挺得笔直。有一辆卡车从后面超过了我们的大巴。他又无缘无故地对我说:"菜菜子,你长得挺好看的,如果我们学校不是女子校的话,应该会有很多男生追求你的。"真难相信他会第二次叫我的名字。我觉得不自在,回答说不可能有这样的事。他看着我的眼睛说:"菜菜子,你谈过恋爱吧。"这时候,我觉得他是忘记了自己身在何处,也忘记了我是他的女学生。

不过,即使教练今天不正常,也没有妨碍我一向喜欢他的心思和感情。我这样想:因为我们是坐在去金泽的旅行大巴上,在气氛上,感觉跟旅游差不了多少。再说大巴里都是女学生,一路上都在叽叽喳喳个不停,他也是个男人,这种气氛下免不了会兴奋。而人一兴奋,说话的时候不自觉就会变得随便起来。

我说我谈过几次恋爱,但不知道算不算数。教练"哦"了一声，很笨地笑了一下，没精打采地对我说他儿子也二十岁了，但是连一次恋爱都没有谈过。我差点儿没笑出来，跟他说年轻人的事，特别是感情上的事，不发展到一定的程度，轻易不会跟父母汇报的。他撇了一下嘴巴。我发现他的下巴刮得非常干净。我对他说："也许教练的儿子已经谈过好几次恋爱了，只是没有告诉教练而已。"他摇了摇头，很肯定地回答说他敢保证他儿子没有女朋友，也没有谈过恋爱。他这样坚持自己的意见，我觉得跟他争下去也没什么意思，就对他说："教练的儿子才二十岁，根本不用急着恋爱结婚。"还说一个东京大学的现役大学生，肯定会有很多女孩子主动去追求的。

教练突然放轻了声音对我说："也许菜菜子觉得我很冒昧，但请一定不要介意我说的话。"我说不介意。他迟疑了几秒钟，小心地对我说："如果你肯给我一个机会，我想把儿子介绍给你认识一下。"我感到很惊讶。他赶紧解释说："我只是介绍你跟我儿子认识一下而已。至于以后你做不做我儿子的朋友，那是另外一回事了，是你跟我儿子之间的事了。"我没有马上回答，他又追问了一遍："可以吗？我是说只介绍你们认识一下而已。"想想他介绍他儿子给我的话，我也许有机会去他家里看看，就回答说"好"。他看起来很高兴，说远征结束后会尽快安排我跟他儿子见面。

一定是我同意见教练儿子的原因,大巴穿越一小块高地的时候,他拿出水筒,一边喝水一边又说起了我妈妈的事。他说:"你妈妈很了不起,竟然送你上私立女子学校读书。你知道,我们学校的学费不便宜,大多数学生的父亲,要么是企业的社长,要么就是律师和医生。"他说的是事实,我也承认。他是在奇怪我没有爸爸,而妈妈只是普通会社的一个职员,怎么有钱让我读学费这么贵的私立学校。

我对教练说:"我妈妈并没有教练说的这么了不起啦。怎么说呢?我家的房子是以我爸爸的名义买的。跟银行贷款的时候,银行要求我爸爸必须加入生命保险。谁也没想到他真的会那么早就过世了。他过世后,房子的贷款被一笔勾销,那些贷款都由生命保险公司来偿还了。用妈妈的话来说,我花的学费跟原本要支付的贷款差不了多少。"有一句话我没好意思说出口。我想说没想到爸爸的死给我带来了意想不到的好运气。事实就是这样:我之所以能够在私立女子学校读书,是因为爸爸过世得正是时候。

大巴不知什么时候已经下了高速公路,快到金泽市区了。从这个时候起,教练不再说话,而我的心思却开始涌动起来。关于我希望学校推荐我去 ICU 的事,几天前我就打算借这次远征的机会,找时间在他的脑子里"备个案",而此时此刻正是最好的机会。不过，我想我也不能说得太直接了。之前，我想先试探一下他对妈妈的承诺是不是随便一说。说是试探，我还是打算说真话。

我局促不安地对教练说："虽然我家里在经济上没有太大的问题，但妈妈也不容易，因为在这个时代，一个单身女人抚养孩子是一件很艰难的事。想想上大学后还要花更多的钱，我现在的心情是，尽可能地让妈妈在我的身上少花钱。"他听得感动起来，说他非常理解我的心情，还夸我是一个"好青年"。我也拿出水筒，一边喝水一边问他还记不记得三者面谈时，跟妈妈说过的那件事。他问我是哪件事。我提醒他："就是让校长写信推荐我上大学的事啊。"他回答说："记得。"于是我趁机告诉他："我最想去的大学是ICU。"他说他记住了，但要我也必须记住他提出的条件，就是"保证将眼下的好成绩维持到最后"。我说我保证会维持住现在的好成绩。他也向我保证："只要ICU有名额，我一定会跟校长推荐你。"我学妈妈，一连跟他说了好几次"那就拜托教练了"。

大巴行驶的速度慢下来，被阳光照得发亮的原野早已经被抛在后面看不见了。道路的两旁是市区特有的住房和商店。我一直在想回东京后见教练的儿子的事。我跟教练的关系也许会变得亲密起来。不过，也许他儿子根本就不想见我。但想不想见我是他儿子的事，跟我没有关系，我也不在乎。他闭上了眼睛，开始假眠。我的心里痒痒的，觉得不仅仅是"好像"有点喜欢他，而是"真的"有点喜欢他了。这个感觉让我觉得自己有点蠢，说好听的，就是有点孩子气。说到孩子气，我又想起了形影不离的妈妈。自从登上大巴，任何人都不允许使用手机了，此时此刻，妈妈已经无法通过GPS查出我所在的地方了。

二 海沫这个名字起得好

果然，从金泽回东京后，没过多久，教练就说要安排我见他儿子，但又说在见他儿子之前，会先把我介绍给他太太。他告诉我，他儿子现在并没有跟他们夫妻住在一起，而是在东京大学的附近租了一个单身公寓，平时也很少回家。他打算找个时间，约我跟他儿子一起去饭店吃一次饭。我先是觉得有一点怪，比方说，他为什么不在我去他家见他太太的时候，一起约上他儿子。还有我很感叹，觉得有钱跟没有钱，做起事来就是不一样。东京大学离教练的家并不远，根本没有必要特地给他儿子租什么单身公寓。大学附近的公寓，租金绝对不会便宜的。

说来也是赶巧了，我去教练家的那天，妈妈为工作的事去上海出差，不在东京。妈妈要在上海滞留一个星期。此外，妈妈不在家的期间，我答应一位国内来的女孩子暂时住在家里。

其实我并非直接认识这个女孩，是一位好朋友拜托我接受她几天的。

关于这个女孩，在日本的经历可以说相当可怜，不过我觉得也是她自己太愚蠢了。日本有配偶暴力咨询支援中心，并通过民间团体运营的设施，为受害者提供居住场所、饮食以及各种服务。这个女孩刚从这种设施里出来，已经找到了合适的公寓，过两天签完约就可以从我家里搬过去住了。我不太了解她的情况，听介绍她给我认识的朋友说，她刚跟丈夫离了婚，但不是那种普通的离婚，而是通过家庭裁判所的裁判才离开的。其实，单凭她从民间设施出来这一点，我已经想象到她的婚姻跟一般人不一样，婚也离得不容易。

有一天，我跟这个女孩聊天，她告诉我她出生在东北的乡下，一直想到国外，但因为没有读过高中，所以没有办理海外留学的资格。有人劝她以婚姻的形式出国，还给她介绍了一位日本男人。男人去中国跟她相亲，只见了一面，立刻在当地的居民委员会跟她办理了结婚登记。到日本后，男人每个月只给她几个生活费，平时差不多将她当用人来使用。她说男人在男女关系上很"乱"，经常在外边花钱"搞"一些不三不四的女人，为了追求官能上的快感，甚至不怕羞耻地做了"硅脂球"手术。

我还是第一次听说"硅脂球"这个名词，于是问女孩"硅脂球手术"是什么样的手术，为什么做这样的手术能带来官能上的快感。她解释"硅脂球"就是七毫米大小的硅球。男人在那个"器"上植很多硅球的话，可以通过凹凸不平的构筑，刺激女性的器官，增加女性的快感。她愤愤地骂起来："真是个贱男人，为了博取女人的欢心，什么蠢事都做得出来。"说真的，我听得脸红心跳，身体也跟着发热。她还对我说，后来她才醒悟过来，男人之所以跟她结婚，就是不想婚后受家庭的限制。男人找日本女人的话，欺负人家不太方便，但找一个中国的乡下女人的话，欺负起来可以随心所欲。我问她："你还好吧？"她说还可以，男人以为想干什么就能干什么，但是他算计错了，因为中国女人也不是好欺负的。我说离了婚她就得回中国了。她说不会，因为她跟男人生了一个女儿。按照日本的入国管理法，外国人跟日本人结婚，离婚的时候，只要能够拿到未成年孩子的亲权，就能以孩子监护人的身份继续留在日本。

我觉得，对这个女孩来说，回国也是一个不错的选择，但她觉得"就这么回国了太没有面子"。刚开始，她以为男人会答应她的要求，跟她好说好散地协议离婚，没想到男人不同意离婚，还因为她想离婚而对她施暴。离不了婚，也打不过男人，她只好去区政府的有关部门求救。区政府向她介绍了配偶暴力咨询支援中心。支援中心断定她的情形符合接受一时性保护的条件，愿意为她提供一时性的居住地和饮食。她带着女儿从冲绳逃到了东京。住在保护设施的几个月，按规定虽然一直不能外出，但在支援中心的帮助下，她正式向家庭裁判所上诉并离了婚。好在那个男人是个警察，属于公务员，不愿意将事情闹得太大，孩子的亲权就落在了她的手里。她刚把女儿送回国，让她妈妈先帮忙照顾着，等她的状态安定下来再接回日本。她已经在一家日本饭店找了个洗盘子的工作。她找的公寓就在那家饭店的附近。

对了，这个女孩的名字叫向珍。早上我出门的时候，她穿了一套粉红色的睡衣跟我说再见，一副女学生的样子，根本看不出是一个孩子的母亲。

言归正传，教练的家就在学校的附近。学校的老师周末跟女学生在校外见面，万一被认识的人看见并产生误会的话，麻烦很大，因为这种事总是说不清也道不白的。所以教练事前跟我说好了，约定的时间，他会等在车站对面的那间面包店前，即使看到我也不会跟我打招呼。

教练确认我也看见了他就开始往商店街走，我隔着一段距离跟在他的身后。出了商店街，是一条安静的小路，途中很多司空见惯的宅院，院墙上花盆里盛开着鲜花。我不敢左顾右盼，教练也是走一会儿回一下头。在小路的尽头，教练停下来等我走近，用手指着眼前的砖红色公寓说到了。我做了一个深呼吸。教练说他已经跟他太太打过招呼了，之所以邀请我到他家，介绍我给她认识，前提是把我介绍给他们的儿子。我点头说明白。不过，我觉得他其实没有必要这样"特地"提示我，令我觉得难受。说话的功夫，我已经随他走到一个大门口，他按了一下可视门铃，马上有女人喊了一声"请进"。

大门并没有上锁。教练推开门，转过身让我先进去。我走进去，冲着里面的房间大声地喊了一句"打扰了"。他太太笑嘻嘻地迎过来，对我说了一句："初次见面，请多关照。"我也跟着说了一句："初次见面，请多关照。"随后将带来的礼物递上去。

教练的太太穿了一件黑色的无领衬衫，衬着雪白的脸，给我留下了深刻的印象。她跟我客气，说教练在学校里一直得到学生们的关照，非常感谢。我让她别这么说，因为都是教练关照我们学生。然后她说我一个学生，又没有挣钱，不应该费心买什么礼物。我解释礼物不是我花钱买的，是我妈妈去上海时买的中国茶。至于点心，根本没花几个钱，是我的一点心意。看到茶盒的包装纸，她说她去过上海的豫园，还说豫园的茶很有名。我没有去过上海的豫园，平时更喜欢喝咖啡，不怎么懂茶，所以只能不断地说"是吗""啊""是啊"。她让我随便坐，我就坐到了沙发上。

房子在公寓的一楼，非常新式，有当下流行的大客厅和两个大阳台。南边的阳台里种满了鲜花，北边的阳台里有一棵龟背竹，龟背竹的旁边有一个白色的沙滩椅。我觉得，比起居住，教练家的景致更适合观赏。除了三室一厅，连接卫生间的地方有一块四张榻榻米大的空间，引起我好奇的是狭窄的空间里摆了一张沙发床。靠墙的书架上有几个一看就知道是中国的工艺品。教练的太太问我要咖啡还是茶。我说要咖啡。她又问我要热的还是要凉的。我说要凉的。我看出她是一个很细心的女人。她将冰咖啡放到茶几上时，我看了几眼她的手臂和手，白得透明，青色的血管一目了然。

教授的太太为教练和她自己冲了两杯绿茶。三个人都坐下后，我发现她的话很少，基本上不说话。我跟教练聊天的时候，偶尔她会看着我们笑一下。但教练提起他们的儿子时，她立刻去隔壁的房间拿来了三本相册。她问我想不想看她儿子的照片。我说想。于是她把自己使用的茶杯挪到饭桌上，在茶几上摊开相册。她用纤纤细手指着其中的一张照片对我说："这是海沫周岁时的照片。"教练这时就插了一句话，对我说："海沫是我们儿子的名字。"

海沫这个名字起得好，我的脑子里出现了碧蓝色的海，海水阵阵冲击着海岸。教练的太太告诉我，当时给孩子起名字的时候想到了两个，一个是海沫，另外一个是海音。海音这个名字也不错，比起海沫，给了我更大的想象空间。我问她是不是喜欢海，所以两个名字都有一个"海"字。她说是。第一本相册看完后，她变得有点儿伤感，自言自语似的："年轻的时候，多生几个孩子就好了。"这时候，我以为她这样说是因为海沫太可爱，后悔没有多生几个孩子，但后来我见到了海沫，再后来知道了她跟海沫之间的关系，我才理解了她说这句话的真正含义。但这是后话，以后再说。

眼下我指着另外一张照片问教练的太太："这也是海沫吗？"她说是，并解释是海沫小学一年级时的照片。我说小学生的海沫真可爱。她连着翻过几页，指着一张照片对我说："从这张开始就不可爱了。"我看着照片上的青年，觉得真的不好意思再说他可爱了。照片里的青年，站在东京大学的校门前，头顶是青天白云，背后是大学砖红色的院墙。但青年看起来有一张跟妈妈很相似的苍白的脸，神情给我的感觉比较怪，怎么说呢，不自然，有一种神经质。教练告诉我，海沫那时是高中二年级的学生，那天是去第一志愿的东京大学参观，照片是回家前顺便拍的。

我买的点心是一小盒葛樱。葛樱是日本的一种生果子，就是用葛粉做的透明的果冻，里面包红豆馅。看起来粉红，吃起来凉冰冰，夏季很受欢迎。教练的太太拿来三个小盘子，将葛樱放在上面让我们吃。吃完了葛樱，我觉得是时候离开了，但她又说已经预备了三人份的午餐，要我留下来一起吃。我想这样就不用赶着回家做午饭了，立刻高兴地接受了她的建议。

教练的太太去厨房，有几次我要帮忙，但每次她都说我帮不上忙。午饭准备的是煎牛排和蔬菜沙拉。蔬菜沙拉是提前做好放在冰箱里的。从她对我的态度来看，似乎很高兴教练将我介绍给他们的儿子。她煎牛排的时候，我就坐在沙发上跟教练聊天。提到海沫，他说近期会找个时间安排我们见面。我跟他说不急。我说的是真的。看了海沫的照片后，我的心里有了一种感觉，就是不会喜欢上他，不可能跟他谈恋爱。除了海沫太年轻，还有我不喜欢他身上的那种神经质。吃饭的时候，教练和他太太都没有再提海沫，这令我暗自感到欢喜。但也许他们觉得我妈妈来自中国，所有的话题都跟中国有关。有时候我会想，教练和他太太，一定不知道我其实没有去过中国。

跟教练的关系，真正意义上变得亲密就是从这个时候开始的。没想到的是，后来亲密的关系发展到了不容易控制的地步，以致我陷在迷恋与纠结的双重情感中。但这也是后话，也留在以后说。

三 他看我的眼神有那个意思

看见向珍身边坐着一个陌生的男人，我吃惊地"啊啊"了好几声。我本来担心向珍会尴尬，但她笑嘻嘻地跟我介绍那个男人，说是她刚去打工的饭店里的同事。借住没有两天，趁我不在的时候，擅自带男人来我家，她的这种做法很失礼，我当然会觉得不快。但是，想到她来东京没有多久，没有亲戚，也不会日语，难得多一个新的朋友，所以我也不想埋怨她。

话说妈妈在家的时候，我觉得客厅不大不小正合适。妈妈去上海后，我一个人在家，觉得客厅有点儿大。现在多了向珍和男人，忽然觉得客厅太小了，小得我不得不贴着墙壁走到两个人身后的沙发上坐下。沙发是爸爸活着的时候就使用过的，年数久的原因，中间有点儿塌，每次我坐下去的时候都觉得是陷下去的，感觉很舒服。

男人三十岁左右的样子，上身穿灰色的T恤，下身穿牛仔裤。我突然开门进来，无疑使他吃了一惊。他站起来，红着脸向我问好，尴尬地说他马上就会离开。我做出一副毫不在乎的样子问他好，然后客气地对他说："请不用客气。你们继续聊你们的好了。"犹豫是否应该离开一下的时候，我看见他用眼睛冲着向珍使眼色。向珍全身硬了一瞬，立刻对我说要送男人去车站。我说好。男人对我说了一声再见。我站起来，回了他一声再见。他头也不回地比向珍先出了我家大门。一股新鲜的空气涌进客厅。其实，一进门我就嗅到了强烈的酒精味，巡视房间，发现垃圾箱里有几个空的酒瓶和啤酒罐。日本的法律规定二十岁为成人，成人之前不允许喝酒抽烟。我已经过了二十岁，却没有沾过烟酒，主要是不想在高中毕业前喝酒。我打开窗户换气，不知道为什么，竟然有了一种尝一下酒是什么味道的冲动，但又懒得出门去买。我想今天还是不开戒吧。我打开冰箱，开了一罐茶，没用水杯，对着罐嘴喝了一口。

不久，向珍带着一阵风回来了。说真的，在教练家待了大半天，我觉得非常累，不太想说话，想陷在沙发里不动脑子地看一会儿电视。但是她看起来很兴奋，好像不跟我说话就不甘心似的。她连着两次叫我的名字，我不好装着听不见，就问她什么事。她对我说："刚才那个男人，跟我做完那件事后，一直跟我说他如何如何感动,还说这是他生来第一次跟女人发生肉体关系。三十岁的男人,竟然是个童男子。"她的日语不太好,不知道她是怎么听懂了男人说的这些话。我问她:"你跟他上床了?"她说是,然后赶紧跟我解释,说她跟男人是在情人旅馆上的床,在我家只喝了一会儿酒而已。

我觉得脸在发烧。只怪自己太无能,二十岁了,还没有跟男人上过床,但我不能告诉向珍我没有跟男人干过那种事,怕她会笑话我。我曾经跟同龄的男孩谈过几次恋爱,但都无疾而终。令我烦恼的不是恋爱失败,而是我在失败后发现,我根本不能跟年龄比我小的男人谈恋爱。就说前一阵刚分手的那个男孩吧,跟他第一次接吻的时候,是在公园里的一棵大树下面。中途,他突然停止了吻我,一脸惶惑地看着我,问我为什么在接吻的时候不闭眼睛。我耸了耸肩膀。他觉得我不爱他,当天就跟我分手了。我不明白接吻为什么要闭眼睛。我只跟年轻的男孩接过吻,从来都没有意识朦胧到漆黑一片的体验。我可以跟年轻的男孩一起吃饭,一起聊天,但就是没兴趣上床,因为身体根本产生不了那种想"干"的欲望。

我对向珍说,刚去饭店没几天就跟男人发生肉体关系,会不会太猛了点儿啊。她说凭女人的感觉,去饭店上班的第一天,第一眼看见那个男人,就知道会跟他发生"男女关系"。我"哦"

了一声。她解释说:"他看我的眼神有那个意思。"我问她:"你不会这么快又考虑结婚吧。"她回答说,也不是不能考虑结婚,是没有考虑跟那个男人结婚。她让我想想看,一个三十岁的男人了,话说已经不年轻了,却连个女朋友都没有。在饭店,男人只是个临时工而已。在她之前,男人连女人都没有碰过,这就证明了他既没有钱,也没有生存能力,没有女人看得上他。她跟我说实话,情人旅馆的钱虽然是男人出的,但出了情人旅馆后,男人竟然告诉她没有去饭店吃饭的钱。就因为这个原因,她才带男人来我家的。那些酒,还是她出钱买的呢。我问她:"你看不上他,干吗还要跟他发生关系呢?"她哈哈大笑,说是图一时的痛快。我对她说:"不要再怀上小孩。"她说不会,然后开始骂刚刚离了婚的丈夫:"冲绳的那个男人,不知跟多少女人痛快过呢。"我摇头。她又想起了硅脂球手术,气汹汹地说:"真是个贱人,为了刺激和满足女人,不惜给他的宝贝做硅脂球手术。"

刚才是脸热,现在是刚喝下去的凉茶从胃里往上返,想吐。从这个时候起,我不再跟向珍说话,闷闷地看着电视。渐渐地,心思回到自己身上,没想到竟理出了一丝烦恼。最近,跟教练在一起的时候,我老是觉得体内有一股醉意,精神恍惚。有时觉得他是一个男人,有时又觉得他是我内心某个角落里的父亲。

令我烦恼的是，有一种莫名的欲望在慢慢地膨胀起来，越来越大，我都能看见它的形状了。我试着问自己是不是爱上教练了，但内心的回答好像又不是爱，是"恋"，想无缘无故地待在他身边的那种"恋"。

周日，向珍下班后要我陪她去一家事务所办点儿事，其实就是给她做日语翻译。原来她所说的事务所，不过是私人用自己的房子开的一家婚姻介绍所而已。房间里坐着一个中年女人，听了向珍的要求，拿出一份表格，说加入会员需要先填表并缴纳会费。我问入会费是多少钱。她说十五万元。我用中国语对向珍说："十五万元入会费，也太贵了吧。"女人似乎猜到了我说的是什么，跟我解释，说她这个事务所是一次性付费，以后介绍男人，无论人多人少，一概不追加新的费用。

向珍没有回答我的问题，即刻填好了表，然后拿出钱包，点了十五张一万元的钞票给女人。女人笑眯眯的。我问女人："如果介绍不成功的话，会不会退钱。"女人说："不退钱。"我犹豫了一下，告诉向珍不成功也不退钱，问她是否应该多看几家事务所。她却跟女人说拜托了，接着招呼我说："我们走吧。"

往外走的时候，我变了脸，气汹汹地责备向珍怎么会相信这种地方，那个女人分明就是在宰人家的钱。但她让我不要管这件事，还说来之前已经调查得很清楚了，凡是婚姻介绍所，差不多都是这个价格。看出我不高兴，她进一步解释说，肯花十五万元到婚姻介绍所入会的男人，百分之百是真心在找结婚的对象，很少是骗人的。我恍然大悟，觉得她说的确实有一定的道理。既然她花的是她自己的钱，她自己觉得满意，我想就随她去吧。

　　往家走的时候，向珍开玩笑地对我说："你也应该入会，可以把对男人的要求抬得高一点儿。"她举了好几个例子。比如说年收要在一千万元以上，身高要在一米八以上，要有房子，要有高尔夫的会员权，要结婚后不跟父母住在一起。我不断地摇头，笑着对她说我要找的可不是条件，是一个我想要跟他一起生活的人。说完这句话，我的脑子里突然出现了教练的那张脸。我为什么突然沉默下来，向珍一无所知，低声地嘲笑我太年轻所以不切实际。我也不想辩解。

四　如果你是我的女儿就好了

妈妈回东京的时候，向珍已经搬走两天了。我没有跟妈妈提向珍的事。妈妈如果知道有一个女人在家里住过，无疑会打破砂锅问到底，要是听了向珍前前后后的那些事，大概会反对我继续跟她来往。妈妈至今还把我当小女孩，整天担心我会被什么人带坏了。再说我跟向珍已经没有再见的理由，应该不会再见面了。她离开我家的时候，我没有问她租借的公寓在哪里，她也没有告诉我。她跟我说谢谢。我告诉她，如果她什么时候又需要帮助，或者她偶然路过我家附近的什么地方，可以来我家敲敲门，看看我是不是在家。她说好。

有一件事我一直瞒着妈妈。偶尔教练会邀请我去他家，而那天我只跟妈妈说在学校的体育馆练球。妈妈从来没有怀疑过我的话。妈妈当然会用GPS追踪我的位置，只是教练的家就在学校的附近，GPS显示我的位置距离学校也就差几百米。有时妈妈就会跟我埋怨，说科学技术的精确率到底达不到百分之百。我就补充说："差个几百米已经很了不起了。反正只要我的位置在学校的附近，你就不用担心。"

去金泽前买的那盒白粉还没有用完，藏在我的书包里。去教练家的那天，我会在学校的厕所里，对着镜子往脸上扑一点儿。有一点我觉得奇怪，就是教练和他太太一直都没有把我介绍给他们的儿子。有时候，我甚至觉得这件事已经是不了了之。渐渐地，我似乎也忘记了海沫的事，去教练家，大多数时间是三个人在一起喝茶聊天，有时候会走走五子棋。赶上电视播好看的电影，我们就围坐在电视机前一起看。

一次，教练的太太躺在沙发上，将一只手放在额头，面色有点儿发青地说她头晕。她这样形容道："我的前额上，好像开着一个洞。"教练问她要不要去医院看医生。她不肯去，说只是一时性的低血糖，休息一下就会好的。我对她说："干脆我来帮你按摩一下吧。"我让她坐起来，我坐到她的身后，为她按摩了一阵头、肩膀以及脖子。最后，我让她躺下，将手心贴着她冰凉的前额。她一连声地说"舒服"，感叹我的手心"热乎乎"的。过了一会儿，她已经能够坐起来，说前额开的那个洞消失了。她问我："你从哪里学会按摩的？"我说我经常犯偏头痛，妈妈就给我按摩，时间久了，我能辨别出按哪个部位会比较舒服。她叹了一口气，带着十分惋惜的样子对我说："唉，如果你是我的女儿就好了。不过你也许会嫁给我们海沫，等于是我的女儿。以后你要经常来，最好每个周末都来。"原来她并没有忘记我跟海沫的事。我说好。实际上，我最高兴的是她让我每个周末都来她家。我巴不得有机会跟教练一起吃饭，一起看电视，一起玩五子棋。以后，我再到教练家，就用不着找借口了。

但问题是，按学校的规定，为了迎接高考，从篮球队引退的事情已经迫在眉睫。周末我老是不在家的话，必须找一个妈妈能接受的借口。

一天，我对妈妈说，离高考只剩下半年了，听一些前辈们说，这半年对能否考上志愿的大学非常重要。妈妈立刻就上钩了，问我有什么打算。我说我想继续维持现在的好成绩，凭学校的推荐去第一志愿的ICU。妈妈点头。我又说，但有一个问题，就是虽然我不担心面接，但小论文要求必须使用英文，而我的英文并不是特别好。我本来的想法是找借口，在不引起妈妈注意的情形下去教练家，没想到说出来的却是大实话。妈妈问我有什么方法可以提高英语水平。我说学校的附近有一家课外补习班，班里的好多同学都在那里补习。还听说学费挺良心的，不是特别贵，所以也想去那里补习。我说的这一点也是大实话，这使我在跟妈妈隐瞒实情的时候，心里会好受一点儿。为了不给妈妈犹豫的时间，我滔滔不绝地说下去。我说课外补习班对我来说跟上保险似的，万一学校推荐的大学里没有 ICU，或者有但因为名额有限而轮不到我的话，我就只能参加普通的高考了。所以呢，现在去补习班的话，万一我"真的"要参加高考，也不用担心一点儿准备都没有。妈妈"嗯"了一声。

其实，我能想出上面的这个理由，也不是没有根据的。我的一个同学跟我说，她邻居家的孩子，被学校推荐去 ICU，虽然面试后已经接到录取通知了，她所在的高中老师还是让她参加了全国的共通考试，目的就是掩人耳目。说明白点，就是将来她去 ICU 的时候，不会引起其他同学的猜测。我的同学说，如果她是那个去 ICU 的人的同学，她也会猜测：一个没有参加高考的人，怎么能去 ICU 呢？还记得当时我对她说，老师用心到这个程度也够辛苦的了。

拐弯抹角地说了一大堆，连自己也觉得意思含糊，谁知道妈妈想都没想就同意了。从这个时候开始，我每个周末都要去课外补习班，学习结束后直接去教练家，然后跟他们夫妇一起吃晚饭一起聊天。

偶尔，教练的太太会在晚饭后让我陪她去附近的公园里走一走。公园不算大，有几棵很高的树，有花坛，还有一个孤零零的儿童滑梯。一次，她问我是否注意到北边的那几棵树是橄榄，旁边种植的是郁金香。我说橄榄我知道，但郁金香我就不知道了，因为我根本不懂花。说到花，我大概只认识玫瑰、月季和兰花吧。兰花我也分不清有什么品种。她笑了一下，突然问我："你不想知道我儿子为什么一直没有回家吗？还有，你不想知道我跟教练为什么还没有把你介绍给他吗？"我说她跟教练不想对我说的事，我绝对不想问，也不会问。我这个人，平时对人家的事根本不感兴趣，但这一次的事跟教练有关，所以我还是想知道的。看出我的尴尬，她浅浅地笑了一下说："对不起，让你受惊了吧。不过今天还是不告诉你了，以后再找合适的机会吧。"我说好。不知道的人，看见我跟她有说有笑的样子，一定会认为我们是母女俩吧。

另一方面，我让妈妈为我的晚饭只准备点儿酸奶和水果。怕她怀疑，我跟她说吃得太饱的话，会导致我在学习的时候注意力下降。妈妈很心痛我，说我这么努力，这么克制，虽然令她感到高兴，但她还是希望我不要过度。因为对她来说，我的健康才是最最重要的。感动之余，我觉得很羞愧，偷偷地在心里嘀咕了一句"可怜的妈妈"。

有时候我会想，我每个周末都去教练家，他太太真的以为是缘于她的那一次邀请吗？还有，他太太丝毫察觉不出我喜欢去她家里，是因为我想跟教练在一起吗？坦白地说，白天在学校，当着其他师生的面，我跟教练的关系是师生，一本正经。但到了周末，在教练的家里，我跟他围坐在同一个饭桌，吃同样的东西，聊同样的话题，一起度过眼前的时光，真的像亲生父女似的。对我来说，这样的时刻里有着极致的幸福和快乐。

我非常感谢教练的太太。每次我回家的时候，她一定要拜托教练送我去车站。出教练的家门口后，我在前，教练在后，一前一后地保持着一定的距离。

可能因为我在心里觉得愧对妈妈，去课外补习班的时候，我会特别用心学习。学校刚刚公布的定期考试成绩，我的名字排在第三位。几百个学生里排第三，妈妈别提有多高兴了。教练也很高兴，前天对我说，以我现在的成绩，他完全可以跟校长推荐我去 ICU。

五 我是那一边的人

去课外补习班有一段时间了,我还是记不住同学之外的人的名字。原因有两个:一个是大家都是匆匆地来匆匆地去,根本就无心交朋友;另一个是,我有一个习惯,无论去哪里,哪怕是电影院,也会尽量晚到,肯定挑最后一排靠角落的位置。补习班新来了一个男生,名字叫龙介。他家就在补习班的附近,跟教练也算是邻居。他大概跟我是同一种类型,每次来补习班都跟我差不多在同一个时间到,到了后又跟我一样坐到最后一排靠角落的位置。有时候是他坐最外边的椅子,有时候是我坐最外边的椅子。课间有十五分钟的休息时间,他没来的时候,我基本上是闭目养神。他来了后,我没想到他那么喜欢聊天,老是对着刚认识的我东拉西扯。不知不觉地,我了解了很多与他有关的事。

去年龙介之所以高考失败，是因为他的第一志愿落榜了。他做了一年的"浪人"。其实，他就读的高中是青山大学的附属。青山大学在日本可是屈指可数的六大名校之一，一般的考生很难考进去的。我不明白他为什么不直接升学到青山大学，问他理由，他说他的两个哥哥都考上了庆应大学的医学部，所以呢，除非他也考上了庆应大学的医学部，否则会一直"浪"下去。在日本，为了就读有名私立大学的医学部或者东京大学，"浪"个三五年的考生不计其数。

但事实是，这样的考生，其实大部分是有钱人家的孩子。听龙介说，他妈妈是药剂师，在药房里属于管理层，说白了就是个领导。按常规，他妈妈的年收大约在一千万元以上。他爸爸是一家大企业的部长，也属于管理层，工资也不会低。龙介一家跟他爷爷一起住。据龙介说，他爷爷家的房子特别大，设计的时候就是以两户人家居住为前提的。所以龙介的爸爸妈妈不用买房子，也不用交房费，工资都花在他们三兄弟的教育费上了。一次，龙介笑着对我说，他妈妈有一句口头禅，动不动就说"我在你们三个人身上花的教育费，可以在日本买一座豪宅了"。龙介说他妈妈一定是提醒他们三兄弟将来要报答她的恩惠。我觉得他妈妈很了不起，有投资人的眼光，因为在教育上投资对孩子们的未来有着不可估量的意义。不管怎么说，龙介家在金钱方面真的是"很牛B"。

龙介长得既矮小又非常精致,说话慢悠悠的,声音也像个女孩。有一天,他说想在这个周末跟我一起去车站口的拉面店吃拉面。我那天要去教练家,所以不想跟他去拉面店,就开玩笑地问他是不是喜欢上我了,然后说"我们之间绝对没戏"。他看了看四周,小声地对我说:"不怕告诉你,我跟一般的人不一样,不喜欢女生。我是那一边的人。你不必提防我。"他指着左耳的耳环问我:"你明白我说的意思吗?"我说我明白,但觉得很意外。他说明白了就好,明白了就要陪他去拉面店吃拉面了。然后他说他连隐私都告诉我了,我再坚持不去的话,等于故意要伤他的心。他把话说到这个程度,我就无法再拒绝了。但我一连问了他好几个问题,比方说他现在有没有喜欢的人,用什么方法、在哪里寻找志趣相同的对象等等。因为没想到我有这么多的问题问他,所以他怀疑我是一个很喜欢八卦的人。我说我只是对完全不了解的事物感兴趣而已。他说告诉我也无所谓,但作为条件,还是等到周末一起吃拉面的时候再说。我觉得他很天真,而我喜欢天真的人。

周五我给教练的太太打电话,说周末有事,就不去府上打扰了。

因为学校规定不能穿校服在学校附近的饭店吃饭,所以我穿了一件私服去课外补习班。出门前,妈妈上上下下地打量我,不等她提问,我就说几个同学想释放一下高考前的压力,一起吃个拉面。妈妈说:"还是私服好看。你还是穿私服更可爱。"

龙介点了一碗酱油风味的拉面。我要了一碗大酱风味的拉面。开门见山,我让他马上回答我想知道的那些问题。他掏出手机,给我看他下载的一个软件。如果我没有记错名字的话,好像是 Blued。他打开软件,用手指滑动屏幕,画面上出现了一大串登录者的名字和照片。我"哇"了一声说:"这么多啊。"他点点头,说上面的照片和名字很少是真的。看到我不理解的样子,他说他也是用假名字和假照片登录的。我问他:"这不是在骗人吗?"他说算不上骗人。然后他让我看卫星地图上的一个个红点,说红点显示的是登录者的位置。我惊讶地说:"真不敢相信,红通通的一片啊。"他做了一个鬼脸,告诉我拉面店里其实就有一个登录者。我巡视了一遍店里的客人,问他是否知道是哪一个人。他说不知道,但如果有意联系的话,就给这个登录者留言,而对方也有意联系的话,就会给他回信。这样,他可以跟对方约一个地方见面,到时候就知道对方长什么样了。他笑着说,即使见了面也未见得告诉对方真实的姓名。还有,凭感觉他大致能判断出那个登录的人是谁。

我问龙介:"两个陌生人,以这种方式相识,有可能发展出爱情吗？"他说不知道别人是什么情形，对他来说，不过是图一时的痛快而已，开心完就会拜拜。我吃了一口面，问他是"0"还是"1"。他说他是"X"。我大叫了一声"X"。然后我看了看周围，小声地对他说："我不懂跟英文字母有什么关系。"

龙介给我解释，说 MtX 指出生时身体虽为男性，但在性意识上既不认同男性，也不认同另一性别的身份。相反，出生时身体虽为女性，但在性意识上对二元分类的性别也不认同的话，称 FtX。所以，X 指的是性别，指的是在性意识上不能断定为男性也不能断定为女性，既不是男性也不是女性，既是男性也是女性，随时间的不同而发生变化，在男性和女性之间。他问我："你感兴趣吗？我可以找时间带你去专门的酒吧见识一下。"我说我感兴趣，但仅限于了解是怎么回事的程度罢了。我本来想忍着不说，但还是很失礼地对他说："我也不知道是真是假，听说那一边的人容易得什么病，你一定要小心啊。"他让我放心，说他家里几个人都跟医学有关，他从小就开始读了很多医学方面的书，肯定会小心的。这个话题到此也就结束了。

龙介开始问我的情况，我大致说了一下。听说我没有爸爸，他觉得我很可怜。我说没有爸爸也不会像他想象得那么可怜，特别是我，对爸爸根本没有什么特别的好感和印象。他觉得我说的这个样子更惨。我耸了耸肩膀，对他说："你有一个好爸爸，所以你理解不了我的感受。反正对我来说，没有爸爸也无所谓的。"之后他问起我的恋爱。我说没有男朋友。他不相信。我说每次谈恋爱都失败，后来发现自己想找的男人是上了年纪的，可以包容我的，温和的男人。

龙介马上挖苦我说："你刚刚说没有爸爸无所谓，其实你很在乎的。"停顿了一会儿，他接着说："也不对。你不是在乎没有爸爸，而是你因为缺少父女间的交流和爱，所以有一种根深蒂固的恋父情结。也许你自己并没有意识到这一点。跟你聊了没几句，我就觉得你是想在一个年纪比你大很多的男人身上，既寻求情爱，也寻求父爱。茨威格《一个陌生女人的来信》中的维也纳少女，对作家R的爱，就是始于她的恋父情结。弗洛伊德也有俄勒克特拉情结的说法。"

我读过《一个陌生女人的来信》，但从来没把自己跟维也纳少女挂上钩。我也读过弗洛伊德，也从来没觉得自己有恋父情结。龙介的推理中也许有一点是对的，就是我"自己并没有意识到"的这个事实。但我觉得他也没有必要对我说得如此直截了当。他还在说："我劝你选择专业的时候，最好选择教育心理学，不然日后你会吃很多苦头的。"他说话时的神情过于沉重，令我不禁笑了起来。不过，其间他说到情爱和父爱的时候，我的脑海里有几次摇晃过教练的面孔。

结账的时候，我本来想各付各的，但龙介说是他约我来的，理应他付账。我不肯。他说表面上他是个"浪人"，实际上他在为一家软件公司做项目，收入非常可观。我说："你有钱是你的，不让我付钱，下次不敢跟你一起吃饭了。"他想了想，对我说："那么下次吧，下次各付各的。这次我真的是想放松一下紧绷的神经，你陪我瞎聊，我觉得轻松了不少。明天开始可以再拼一阵子了。"我谢了他，也不再勉强。

六　感觉上跟一家人似的

这时候的我，舒舒服服地坐在教练家的沙发上，根本没想到教练已经知道了我跟龙介一起去拉面店的事。事情的经过是这样的：那天，因为我不去他家里吃饭，他跟他太太打算在外边的饭店对付一顿，没想到路过拉面店时，透过大门的玻璃，看见我跟一个年龄差不多的男孩在一起。他说他看得很清楚，男孩穿着黑色的Ｔ恤衫，头发短平，跟我有说有笑的，关系好像非常亲密。我问他太太是不是也看见我跟男孩在一起了。他说应该没看见，因为走在靠近拉面店这边的是他，而他太太的个子比他矮很多。他问我男孩是谁。我说是同一个补习班里的高考生。他沉默了一会儿，去厨房拿茶杯。我帮他冲了茶，递茶杯给他的时候，我轻轻地碰了一下他的手指，但不是故意的。

教练喝了一口茶，开玩笑似的说："你到课外补习班没几天，这么快就有了关系亲密的男朋友。"我说："是朋友，但不是男朋友，关系也说不上亲密。"他问我："不亲密的话，周末会一起去饭店吃饭吗？"我跟他解释，说那天去的不是饭店，是拉面店。他还是坚持己见，说某种意义上，对应届的高考生来说，拉面店跟饭店没有什么区别。然后，他盯着我穿的校服，显出猜忌的样子，问我是不是对那个追求我的男孩有兴趣。我说没兴趣。他说："但那天我看见你穿的是私服啊。当时我很惊讶，因为我还是第一次看见你穿私服。"

赶上教练的太太在大学参加一个学术会议，回家的时间会比较晚。他跟我提起龙介的时候，家里只有我们两个人。关于龙介，以及龙介跟我的关系，我想还是跟他说清楚了比较好。我把龙介"浪"了一年的前因后果很详细地说了一遍，但没有说龙介是"X"的事。"X"属于一个人的隐私，隐私是应该得到保护的。想起龙介争着付账时跟我说的话，我拿过来跟他说："龙介'浪'了一年，今年应考肯定比去年还要紧张。他找我吃拉面，不过就是想释放一下心理上的压力。你看见我们有说有笑的，那是我们在瞎扯，就是寻开心啊。现在都是什么时候了啊，马上就要高考了，哪有精力谈恋爱啊。关于私服，你也知道学校禁止学生穿校服进饭店的。拉面店就在学校附近，我是有意没穿校服的。"

教练一直在听我说，茶杯里的茶都喝光了。我又给他冲了一杯，然后发现自己的茶水也被喝光了。但他好像就是不肯相信我，说谈恋爱才是释放压力的最佳方法。我建议换一个话题。他说在换话题之前想问我一个问题，让我诚实回答。他问我海沫的事还要不要进行下去。我觉得可以进行下去。我又为自己冲了一杯茶。他用手指敲了敲桌子，对我说："我尽早安排你跟海沫见面，如果相互都觉得合适，你们就好好相处。我呢，也可以安心了。"我说好，但马上觉得自己答应得有点儿随便。也许我只是想尽力让他的心情好起来，我希望他对我满意。

　　天黑下来，教练说他太太参加的会议五点钟结束，这个时间应该快到家了。他要去厨房做饭，我想帮忙，于是我们一起去了厨房。厨房朝东，有一个很大的窗口，镶着透光但不透明的压花玻璃，所以也用不着窗帘。煤气灶上有一个新式的换气扇。他打开换气扇，从冰箱里取出三条秋刀鱼放进烤炉。鱼类中我最喜欢的就是秋刀鱼了，其次是三文鱼，但一定要烤着吃才觉得好吃。他告诉我他喜欢烤炉中冉冉飘浮的烟雾，喜欢烤鱼时发出的"滋滋啦啦"的声音，喜欢令人垂涎欲滴的香气。我好像跟他有同样的感觉。穿过神秘的烟雾、声音和香气，现实中似乎就多出一种令我觉得超乎时间之外的东西。我想是我用心感受到的生命的温煦吧。就说现在，教练站在厨房，我站在他身边，跟他一起烤鱼。烟雾缭绕中我跟他走来走去，感觉上跟一家人似的，而我非常享受这样的感觉。

教练要做酱汤，材料用的是油豆腐、洋葱和小葱。妈妈经常做酱汤，我都看在眼里，所以自告奋勇地说我来做。先将油豆腐按一寸大小切成三段，之后沿着纤维方向将洋葱切成五厘米宽的薄片，锅里加上水，放入豆酱和风汤汁，开火加热。水沸腾后放油豆腐和洋葱，等洋葱变软后才融化酱料，再沸腾后就关火，小葱最后撒在汤上。

菜板在水池的旁边，水池的位置正好在教练家正门的斜对面。伸手取挂在墙壁上的菜刀时，我看见教练的太太正轻轻地关上大门，小猫似的蹑手蹑脚地朝客厅里走。她也看见我了，样子很不自在。我想装着没看见，但已经来不及低头了。我在很多小说里读过类似的场景，觉得我要是不先跟她打招呼的话，她也许会很为难。我对她说："你回来了。"教练也从烤炉那边探出头说："你回来了。辛苦了。"于是她满面笑容地走到厨房的门口，像我第一次见她时那样非常客气地对我说："教练怎么可以麻烦你做饭呢。"我赶紧说是我自己要求帮忙的。教练说："虽然是客人，但早已经把菜菜子当成家人了，没必要客气的吧。"我说："教练说得对啊，请你也不要跟我客气啊。"她说："好吧。今天真的是辛苦你们两个人了。"她穿了一套黑色的西装，给人一种坚定的感觉。她说先去换衣服，然后再来帮忙。

　　我开始切洋葱，蒜酶搞得我眼泪稀里哗啦地往下流时，教练的太太穿着灰色的休闲衣走过来了。看到我满脸的泪水，她拍着我的肩头，亲切地要我离开厨房，到没有蒜酶的客厅去。从看到她蹑手蹑脚的样子开始，我一直感到哪里不舒服，想离开厨房，想离开教练的家。我去客厅坐下，还没来得及胡思乱想，她已经微笑着拿来了一杯冰咖啡让我喝。也许是一种夸大了的感觉，我根本没有料到，在这个时候她还会这样地照顾我。不过她问心无愧，因为她是教练的太太。

　　吃饭的时候，我跟教练的太太心里有事，都不怎么说话。教练什么都不知道，这一点刚好帮了我跟他太太的大忙。他问她会议开得怎么样。她说讲了大半天的话，嗓子都哑了。他问她要不要来一罐啤酒。她说喝茶就好了。我还没有完全从沮丧中恢复过来，脑子里老是她刚才想"捉贼"的那个样子。开诚布公地说吧，除了她想"捉贼"这个问题令我难受，真正的问题，其实还是在我身上。让我每个星期都来她家，我明明知道是她随口说的一句话罢了，却真的每个星期都来。我曾以为她丝毫没有察觉到我喜欢待在教练的身边，现在我明白我的"以为"是错的，这是我最不愿意接受的一刻。也许这才是令我最为沮丧的事。不过，我也是自作自受。

关于秋刀鱼，教练说日本有好吃的吃法，不知道我妈妈有没有教给我。我说妈妈也是烤着吃。教练笑着对我解释，说烤指的是一种做法，而吃法指的是怎么吃。我不知道妈妈为什么没有教我怎么吃秋刀鱼，或许她不知道，或许她知道但觉得没有必要教给我。我有一种感觉，似乎妈妈更在乎一些中国的民间习俗，比如春节吃饺子，农历的正月十五吃元宵，端午节吃粽子，中秋节吃月饼，重阳节吃糕等等。妈妈之所以要我也跟着她过中国节，按她的话来说，我爸爸是华侨，所以我应该算华裔，跟爸爸一样都属于海外华人。我听妈妈的安排，不同的节日吃不同的食物，但说真的，我根本不懂其中隐含的意义是什么，也没太大的兴趣想了解。有一个事实，就是我对妈妈的一番推理真的跟不上趟，我出生在日本，在日本长大，从来也没有去过中国，对中国不爱慕也不嫌弃，但妈妈看我的方式，就是一个中国人看另外一个中国人。我也不计较，因为妈妈在中国出生，在中国长大，中国是妈妈的故乡。妈妈同时也是一个人，是人就会墨守成规。

关于怎么吃秋刀鱼，教练讲述得非常详细。将烤好的鱼盛盘时，鱼头一定要朝向食客的左边。开吃的时候，首先用筷子从鱼头到鱼尾将鱼身切一条直线。然后先吃上半部的鱼肉，接着吃下半部的内脏。按照他的解释,先吃内脏会让盘子看起来不干净。换一句话说,就是"吃相"不好看。上面的部分吃完后,开始吃鱼骨头下面的部分,但绝对不能将鱼翻个,要用筷子从鱼尾将骨头剥离下来。他一边小心翼翼地剥鱼骨头,一边说:"最好不要弄断鱼头,否则会不吉利。"鱼骨去除后,同样先吃上半部分的鱼肉,后吃下半部分的内脏。我问为什么鱼头要朝左。他说左边象征"高级",而且人在用右手吃的时候也比较方便。我又问为什么鱼不能翻个。他说渔民出海最忌讳风浪翻船,所以吃鱼时就忌讳"翻"。他很满意地看着我吃,夸我的"吃相"好。

有时候,我觉得我好像《美丽新世界》里的五等人,有感情,也想跟人家沟通,但是不知道跟人家交流的分寸。就像这个时候,我未经思索地说:"不过,我觉得吃一条鱼而已,哪里用得着费这么大的事呢?何况费事又是因为迷信,我从来不会迷信的。再说了,人类怎么可以把自己的命运和希望,寄托在一条被吃掉的鱼身上呢?"我看到教练跟他太太对视了一下,之后教练对我说,你说是"迷信",我也不想反对你,但这只是一个方面。还有一个方面,同样是吃鱼,但"美美地品尝"或者"很好吃似的吃着",鱼的味道完全不一样。你说的费事,其实就是为了"美美地品尝"和"好吃"而下的功夫,是好吃的吃法。他太太在旁边不断地点头,然后笑着对我说:"全世界可能只有日本人这样吃秋刀鱼。"我说:"可能吧。"从这个时候开始,我跟她之间好像什么都不存在过似的,她的脸上一直挂着安谧的微笑。

七　不给他回信就是在惩罚他

今天，我收到了ICU的合格通知，第一个告诉的人就是妈妈。妈妈很高兴，跟我说："这都是你每天坚持学习的成果。"我没好意思"嗯嗯"，因为有三分之一的时间我都是在教练的家里度过的，但我也不能告诉妈妈。继吃秋刀鱼的那天开始，我以准备高考为借口，再也没有去过教练的家，连ICU合格这么好的消息，也是通过Line，用短信的方式通知教练的。他为我高兴，马上回信说祝贺。说真的，一想到今后不再去学校，不方便去他家了，要见到他也不容易了，我就觉得心里空落落的。

同时，妈妈终于下决心要实现她这几年的心愿。得知我被ICU录取了，妈妈对我说，她很想去中国上海的分公司工作，想了好几年了，现在我考上了大学，她可以跟公司申请了。她还说大学离我们家不太远，我不必另外租房子。虽然我还是学生，但已经二十一岁了，可以照料自己。早上就吃面包好了，中午在大学的食堂里吃，晚上随便做点自己喜欢吃的东西。至于学费和生活费，她让我不必担心，因为她会定时将我所需要的钱转到我的银行账户上。我说好。她又说我不用去学校上课的日子，可以找一份临时工，挣几个零花钱。她希望我除了可以负担每个月的交通费之外，也能积累点儿社会经验。最后，她对我说："怎么说你都是成年人了。当然也不是说你非打工不可。"我跟妈妈保证，说我肯定会打工。

但我心里又有点儿难为情，觉得不该为妈妈要去上海而暗自高兴。其实我也有一个小小的愿望，就是过一段时间的单身生活。妈妈不在东京的话，就不会天天用 GPS 追踪我了。我可以想去哪里就去哪里，想几点睡觉就几点睡觉，想吃什么就吃什么。我还可以随心所欲地约朋友到家里玩。

教练又来短信了，打听我什么时候方便跟海沫见面。我想了想，把时间定在了开学前的那个周末，但我坚持不去饭店吃饭。他问为什么。我说我不想将这一次见面的事情搞得太像样了，最好找一个借口，比如说我办事时路过东京大学，教练有什么东西想给海沫，而我正好可以帮忙什么的。这样的话，我跟海沫见面时就不会觉得尴尬。他说好，但又说不要在大学见海沫，去海沫租的公寓比较好。我同意了。他给了我海沫的地址。有一件事我没有告诉教练，就是我打算让龙介陪着我去见海沫。我现在跟他说的话，他肯定不高兴，也许会反对，反正我不说就是想避开没有必要的麻烦吧。由于我利用的是推荐入学，全国高考跟我已经没有关系了，但对龙介来说，现在却是最关键的时期，我不能在这个时候打扰他，这也是我把见海沫的时间推迟的原因。

庆应医学部公布成绩的那天早上，龙介来信说他合格了。我向他表示祝贺。但是他回信说，虽然"浪人生"结束了，不知为什么，并没有松了一口气的那种感觉，反而有点儿沉迷。我理解龙介的心情，他度过了忧伤的一年，过度的轻松虚幻得让他受不了。不知道其他高考生的感觉是什么，在准备高考的一年里，我的神经总是绷得紧紧的，动不动地想万一不合格的话怎么办？偶尔甚至想去没有人烟的地方放声大叫。

听说要他陪我去见一个男孩，龙介什么都没问就答应了。早上，对着镜子化妆的时候，我一直在想今天穿什么样的衣服比较合适。我决定穿白色的衬衫和灰色的长裙。好像在电视里看到什么人说，白色的衣服使人显得年轻、庄重、圣洁。我是乘电车去驹场东大前的，一出检票口就看见了龙介。如果他不是 X 的话，哪个女孩把这个未来的医生搞到手，一定会很幸福。

我们相互摆着手朝对方走去，撞到对方的时候已经拥抱在一起了，然后我们哈哈地笑。天气晴朗，阳光明媚，我们走在明亮的马路上。我把手提的纸袋给他看，说是受人所托，要把这个东西交给马上见面的男孩。他没接这个话题，笑着说完事后想去哪里"疯一下"。我说去看电影吧。他显出惊奇的样子，问我是不是脑子有问题。我说我现在的心情不想去游园地，那里的人太多太吵。他说他今天也不想看电影。我说有一些郁闷想跟他聊聊。他说："那就找一家人少的咖啡店吧。"我说好。

海沫住的公寓离车站不远，走几分钟就到了。因为比约好见面的时间早了五分钟，我跟龙介决定在公寓的楼下等一会儿。三分钟后，我们走进了公寓的大门。龙介问我去几层。我说三层。我想乘电梯，但他坚持走楼梯。他问我见男孩的时候，是否需要他回避一下。我骂他："你真是个傻瓜。如果需要你回避的话，我何苦特地叫你陪我一起来。"他小声地笑起来，对我说："我就觉得奇怪呢。其实，你根本不需要特地跑这么远来送东西。邮局和宅急便多方便，寄费比电车费还要便宜。"原来他什么都明白，却还陪我来，我真的感谢他。我打断他的话，对他说："好了，你说够了吧。不许再说下去了。"

很难形容海沫给我的第一印象是什么。按过门铃后，没人应声，但几秒钟后，他从开得很窄的门缝斜着探出身来，一声不响地站在我的对面。我问他有没有从他爸爸那里听说我来送东西给他。他点了一下头算作回答。我把手里的纸袋递给他。他接过去。我以为他会对我说谢谢,这样我就可以客气几句后离开,但他还是一声不响地站着。这时候,龙介将手绕到我的背后,用手指偷偷地戳了一下我的后腰,于是我就问海沫:"有什么东西,或者什么话,要我带给你爸爸吗?"他想都没想就摇了摇头。我说:"没什么事情的话,我就在这失礼了。"他冲着我点了一下头。我跟他说再见。他又冲着我点了一下头。

走到大街上,龙介说对不起,让我千万别生气他要问我的问题。我让他问。他问我是否注意到海沫有点儿不对劲。我说我也注意到了,但是说不出来哪里不对劲。他说:"对,就是说不清楚的那种感觉。"他随便举了几个例子:说话时眼睛不看对方,眼神鬼鬼祟祟的,脸色过于苍白,脸上似乎没有肌肉。大老远地给他送来东西,连基本的客气都不会。我"嗯"了一声,心想来的路上我因为担心海沫会让我们到他家里坐一下,准备了好多理由拒绝他呢。龙介说:"怎么说呢?他给我的感觉不正常,好像肉体是肉体,神是神,肉体和神是分开的。对他来说,肉体好像一个临时性的住所,因为他的神毫无驾驭能力,毫无头绪,彷徨失措。"我回答说:"什么肉体啊神啊,医学院的学生不会都像你这样神神叨叨的吧。不过,无论你说什么,我们看见的海沫肯定是实实在在的人。"

其实，这时的我，心理上有点儿受伤，心思也比较纷乱。一方面，我讨厌"海沫的精神好像不太正常"这个想法，但我越是讨厌这个想法，越是钻进这个想法里出不来了。我觉得很难受，想不通教练为什么要把这样的海沫介绍给我。我说过教练的家庭给我的感觉像一幅美丽的风景画，完美无缺，但人世间的事，看来真的是有里有外，有明有暗，家家有本难念的经啊。另一个方面，我觉得还有一种可能，就是海沫因为不想谈恋爱，所以故意在我面前表现出怪异的样子。但两个方面都令我沮丧。龙介安慰我说："你不应该失望。相反，知道海沫跟一般人不太一样了，对你来说也是一件好事啊。至少你可以判断要不要跟他谈恋爱嘛。"

本来我喜欢的人就不是海沫，虽然来见他，也知道跟他不可能有任何进展，不然我也不会带龙介来。从海沫的样子来看，他似乎并不知道教练要把我介绍给他认识的事，所以我跟龙介这样那样地评判他，其实是十分失礼的，有点儿对不起他。

我心里不舒服，想起龙介早上想去游园地的事，突然改变了主意，决定跟龙介去"疯一下"。东京巨蛋位于后乐园，是离东京大学最近的游园地，并不是很远，但从驹场东大前过去，要换两遍车。换乘站的涩谷和池袋，都是非常热闹的地方。

我们决定上午在涩谷购物，中午在池袋吃中国菜，下午在东京巨蛋玩遍所有令人尖叫的游戏。龙介的情绪高扬起来，两眼闪闪发光。从这个时候起，我们再也没有提起过海沫。我们加快脚步去车站，到了车站后直奔京王线，刚好电车进站台，就跳了进去。

名义上成了大学生后，妈妈不再对我的行动有所限制。跟龙介玩了大半天，回到家时，天已经黑了。妈妈问我肚子饿不饿。因为傍晚跟龙介在东京巨蛋吃了汉堡，我就告诉妈妈不饿。妈妈忽然对我说："也许这是你跟高中同学的最后一次游玩呢，会永远留在记忆里，一直都很美好。"我暗自惊讶，不知道为什么妈妈会认为我是跟同学们去游玩了。不过，我没跟妈妈说我去见了教练的儿子，也没解释一起游玩的其实是学习塾的一位男生。

快上床睡觉的时候，我接到了教练的短信。信中他先是谢了我，然后说他刚刚跟海沫通过电话，知道我是带了一个男生去见海沫的。他猜想男生一定就是跟我一起吃拉面的那个龙介。最后他跟我道歉，说海沫太不懂事，竟然没有请我跟龙介进房间里坐一坐，喝一杯茶什么的。我想给教练回信，但昼间的烦恼又涌到心里。因为睡不着觉，我去厨房打开了冰箱，但找不到想喝的饮料。妈妈从浴室出来，问我在干什么。我问那瓶乳酸菌饮料哪去了。妈妈帮我翻着冰箱里的东西，在装大酱的盒子后面发现了我要找的乳酸菌饮料。递给我时，妈妈问我是不是胃肠不舒服。我生硬地回答说是胃痛。妈妈找出胃药让我吃，我想也没想，就着乳酸菌饮料把胃药吞进了肚子里，然后就钻到被窝里去睡觉了。教练给我发短信，我总是立刻回信，但今天我故意不回信。我觉得不给他回信就是在惩罚他，同时也是在告诉他我对海沫没有兴趣。

八 我没有去过意大利的比萨斜塔

进入四月，日本的新年度开始了。妈妈去了上海，我开始去大学上课。高中是女子校，大学是男女共学，所以有人问我刚上大学的感受时，我会说很新鲜。也有很吃力的地方，主要是所有的课都用英文教授，以我的水平，能听明白意思已经是"拼尽全力"了。我曾答应妈妈找一份临时工做，自己负担去大学的交通费，但我放弃了这个想法。不去学校的时间，我会坐在电视前看英文节目，提高我的英语听力。一次，妈妈来电话，问我为什么一直不工作。我说我算了个账，觉得现在打工不划算。妈妈问哪里不划算。我就对她说："现在的我，只能找一些体力活，一个小时的工钱顶多就是一千元。但我现在学一个小时的英文，将来凭能力工作，一个小时可能会拿几千元甚至是几万元。"因为我有这样的理由，妈妈再也没有跟我提过打工的事。

一天，我跟同学去下北泽的中古服装店买衣服，回来时正好路过教练家附近的那个车站。当时我正站在电车的门口，透过门玻璃，正好可以看见那条熟悉的商店街。于是，我曾经跟教练一前一后地穿过那条街的情景、小街两旁的居屋、小街尽头教练家所在的那个砖红色的公寓、秋刀鱼等，都跟电影似的，一幕一幕地展现在我的脑海里。突然，有一种东西汹涌澎湃地涌到心里，令我觉得透不过气来了。我对同学说："对不起，我突然想起了一件急事，想提前在下一站下车。"同学说可以。车一到站，我说了一句"再见"就跳下了车。我顺着同样的线路往回坐了一站，下了车后在卖糕点的商店买了一盒马卡龙点心。

看到提着礼品盒的我，教练跟他太太都很惊讶。因为兴奋，我说话的时候有点儿结巴："对不起，没打招呼就跑来了。跟同学去逛中古店，回家时路过这里，想起好久没见面了，忽然非常想念你们。虽然我知道突然跑过来很失礼，但以后特地找时间来的话，恐怕又不容易了。"

教练让我坐。教练的太太去厨房给我冲了杯咖啡。三个人凑齐了以后，他们问了我很多跟大学有关的事，也问到了妈妈，就是没有提到我跟海沫的事。我很感谢他们的用心，但不知为什么，以前来的时候没觉得，这次却意识到这个家里到处都有海沫的影子，也就是所谓的残存感。连接卫生间的地方有一块四张榻榻米大的空间，我曾好奇那么狭窄的空间里怎么会摆了一张沙发床。现在，我的第六感应告诉我，那张沙发床应该是海沫使用过的。没什么缘由，反正我就是这么想的。

教练的太太说我看起来比以前更漂亮了。也难怪她说我漂亮，因为大学没有规定穿校服，我可以尽情尽意地打扮自己，还化了妆。我谢了她。教练在一旁微笑地对太太说："如果菜菜子出生在几百年前的中国，以她这样的容貌走在大街上，肯定会被选去宫里做妾。"我开玩笑地问他："为什么是中国呢？为什么是妾而不是王妃呢？"他想了想，笑着回答说："我也不知道为什么，脑子里就这么冒出来了，可能跟你突然跑来这里是同一个道理。"

我想回家的时候，教练的太太说什么都不让我走。她说我好不容易才来一趟，晚上就留下来，三个人一起吃个饭。我答应了。她站起来往外走，说是去超市采购点儿东西，让教练先陪着我说话。我让她别客气，但她还是匆匆地出门了。

教练的太太出去后，教练站起来，突然对我说了一句对不起。我知道他要跟我解释海沫的事了，就沉默着不说话。他说我不回他的短信，他就知道他伤害到我了。不过，他希望我相信他下面跟我说的话是真的。第一，他觉得我是一个好女孩，既诚恳，又善良；第二，他说他知道我已经看出海沫跟平常的人不太一样了，有点儿自闭。他还说海沫变成这个样子，跟他们做父母的没尽到责任有关。他表示之所以把我介绍给海沫，是希望海沫可以喜欢并爱上一个让他放心的好女孩。他说如果那个女孩是我的话，也许海沫可以从封闭的内心走出来。他沉默下来，我还是不说话。沉默使空气变得沉重起来。过了一会儿，他问我："你觉得我是在利用你吗？"我"嗯"了好几秒，做了一个自己都不明白是什么意思的回应。他对我说："我也不知道为什么会这么做，可能因为我是海沫的父亲吧。他能考上东京大学，前途无量，我现在也是这么想的，但我却帮助不了他。有时候我会想，万一他一直走不出来的话，我可怎么活下去呢？"我看了他一眼，对他说："你也看到了，我同样帮不了海沫啊。"他说："是啊是啊。对不起对不起。是我把事情想得太简单了，可能我太着急海沫的事情了。"

教练的坦率令我难过。我让他忘了这件事。他谢了我。突然，我对他说："关于这件事，我想我也应该跟你道一声歉。"他惊讶地看着我。我告诉他，明明我对年轻的男孩不感兴趣，但为了让他满意，却答应去见海沫，还故意带着龙介。我也是从一开始就没有诚意。他说没事。从这个时候起，空气似乎又变得没有分量了。我对他说:"关于海沫的事,我们都不要内疚了,因为已经说明白了。"他说好。

我跟教练默默地喝了一会儿茶。外边很安静,好半天也没见有什么人从窗前走过。我问他:"好端端的一个海沫,怎么会得了自闭症呢?"他犹豫了一会儿,对我说:"如果我跟你说原因的话,希望你听了之后,不要去我太太那里询问这件事。"我说:"我保证。"他用手抓了抓头发,神情奇特地问我:"菜菜子在家里有没有自己的房间?"我说:"有。"他问我:"如果你不在家的时候,妈妈进了你的房间,你发现后会很生气吗?"我说:"如果进我房间的是妈妈的话,我根本不会在乎。"他叹了一口气说:"虽然也有其他的一些原因,但直接原因就是海沫不在家的时候,他妈妈进了他的房间。"

事情是这样的:海沫跟几个同学去山里野宿了三天,回家后发现有人进过他的房间,搞清楚这个人是妈妈后,暴跳如雷,从此不再跟妈妈说话,也不再吃妈妈做的饭菜。我问教练:"不吃妈妈做的饭菜,那他怎么生活啊?"他说:"只好由我来做饭了。工作忙或者出差的时候,我就给他钱,让他自己买东西吃。后来,他开始要求我离婚,将他妈妈赶出这个家,我没这么做,结果他自己搬出去了。就是你那天去的那个公寓。"

我觉得,海沫的问题,未必像教练说得这么简单。也许海沫在学校里发生了什么不愉快的事，或者跟同学去野宿的时候碰到了什么意料不到的事，总之什么可能性都有。不过，海沫本人不说原因的话，谁也猜不出来。但有一个事实，就是海沫生病了。海沫需要的不是什么女孩和恋爱，而是心理医生。我想跟他说我的这个想法时，他太太回来了。

吃晚饭的时候，教练的太太问我要不要喝一点儿红葡萄酒，并特地解释不是那种很高级的酒。看我犹豫的样子，她说我考上了第一志愿的ICU，应该庆贺一下。我想她说得对。为了庆贺我考上ICU，妈妈去上海前跟我在比较高级的寿司店吃了一顿，但没有喝酒。我决定在今天破戒。

我对教练的太太说："长这么大，今天可是我第一次喝酒呢。"她似乎很意外，看教练，意思就是让教练来决定。教练对她说："今天就让菜菜子破戒吧，反正菜菜子已经过了二十岁，法律上是允许喝酒的。"我笑着说："我早就想知道酒是一种什么样的味道了，今天是个好机会。"

教练的太太以为我没喝过酒是因为妈妈不喝酒。其实，根本不是这么回事儿。我对她说："妈妈一个单身女人抚养我，还供我上私立学校，所以我很想报答妈妈，但是又没有钱，我能做的就是尽可能地少花妈妈的钱。说起来，我走推荐入学也是为了给妈妈省钱。至少在学习塾的时候，可以少选很多科目。

还有大学的报名费,哪个学校都要三万六千多元呢!所以呢,我不喝酒不过是为了给妈妈省钱而已。"她立刻说我很了不起,因为当下这个时代,能为父母着想的孩子已经很少了。令我惊讶的是,说到这里她竟然开始流泪。我想,如果海沫对她不是那种态度的话,她会不会也流泪。不过,从她流泪的这件事上,我感觉到她内心里很爱海沫,所以她其实很痛苦——丢掉了一部分生命的那种痛苦。

我忽然非常想念妈妈。

三个人举起酒杯干杯后,我学教练跟他太太的样子,摇了几下大肚子的玻璃酒杯,等空气注得差不多时就抿了一口。我只喝过这么一种酒,不知道算不算好喝,但教练喝了一口后,说这葡萄酒蛮"醇厚"的。后来他们两个人都换成喝日本酒,葡萄酒不断地被添到我的酒杯里。我说了好多次"再喝最后一杯"。

不久,我的身体热得不得了,脑袋也昏迷得很厉害了。有几次,我歪着脑袋盯着教练的太太看,因为她就坐在教练的旁边,叉着两条修长而美丽的腿。这时候,她已经停止流泪了。我老看她,令她觉得奇怪,就问我她脸上有什么好看的。我摇头,说没什么好看的,就是看看而已。教练跟他太太一定是认为我喝醉了,问我要不要喝杯茶或者咖啡什么的。我说想吃水果。于是教练的太太端来了一盘水果,我吃了好多。水果是从冰箱里刚拿出来的,冰凉冰凉的。第一次喝酒就喝了这么多,我的身体需要休息一下,想闭几分钟眼睛。教练让我去饭桌旁边的沙发上休息,并且让我躺下去,可是我坚决不肯。

我听到了杯碗刀叉以及盘子的声音,叮叮咚咚的,知道教练和他太太在收拾饭桌。后来,教练跟他太太开始谈起了我没有去过的意大利的比萨斜塔,我这才知道不久前他们一起去海外旅游了。他们还谈到了海沫,我能记住的都是些碎片似的单词,比如教练说的"公寓""搬家",他太太说的"理解""没办法"等等。不过,渐渐地我不再听他们聊什么,一心感受从头到脚晕乎乎的舒服劲儿了。

九　两块面包夹一块火腿和一个煎鸡蛋

第二天早上，醒来后我发现自己睡在教练家衣帽间里的那张沙发床上。可能是我坐起来的时候弄出了声音，教练来到衣帽间的门口，说昨天晚上，因为我在沙发上睡过去了，他跟他太太就把我搬到了床上。我觉得给他们添了麻烦，跟他道歉。他让我不要介意。问起他太太，他说这个周末大学里又有学术研讨会，人早走了，家里只剩下他跟我两个人。我感到头有点儿痛，嗓子也渴，很想喝一杯冰水。他取笑我说："菜菜子，你睡觉的时候张开两条腿的姿势很有挑逗性，容易引起男人的情欲，让男人犯错误。"他的话像是在我的脸上抽了一个很响的耳光，我觉得很羞愧。我真想告诉他，平时我睡觉的时候是侧身，弯着膝盖，怀里抱着北极熊抱枕，但这些话我没有说出来。

嘴里都是酒味，我决定刷牙之前先不跟教练说话。洗面室就在隔壁，我走进去，教练在身后说台子上粉红色的新牙刷是为我准备的。我故意慢慢地刷牙，心想教练的太太怎么不叫醒我就走了呢？没想到教练会在我睡着的时候看我的姿势。那么，他看了多长时间呢？更没想到教练会跟我坦白这件事，还说出什么"挑逗"和"情欲"这么赤裸裸的话。我也是自作自受，如果不喝那么多酒的话就不会醉了，不醉就不会在睡觉的时候显示"丑态"了。一想到被教练看到自己张开两条大腿睡觉，我的心就痒痒的。不过，我稍微感到一点儿兴奋，原来教练也是一个平凡的大叔，我跟他的距离好像亲近了不少。

从洗面室出来，饭桌上已经摆好了两份早餐。教练说是他做的，还担心我会不会不喜欢。早餐是三明治：两块面包夹一块火腿和一个煎鸡蛋。妈妈也经常做三明治，通常是夹一块火腿和一片生菜叶。我谢了他。九点钟的太阳很高了，从窗玻璃投进房间，四壁非常明亮，房间闪闪生辉。我们双手合十，一起说："いただきます。"关于这句话，妈妈说中国语里找不到合适的翻译，只能用大概的意思来代替，就是"我要开始吃饭了"。我曾经不相信妈妈说的话，并试图找到一个切近实意的翻译，但也没有找到。双手合十当然是表达感谢之情，感谢鱼、肉、蔬菜以及水果等食材，因为它们用自己的生命，延续着我们人类的生命，还要感谢这些食材在成为饭菜之前所参与的所有人，太抽象了，让我举例来说吧。比如大酱汤，是由制作大酱或豆腐的人、栽培海带和小葱的人、购买食物的人、烹饪的人等参与制作而成的。日本人吃饭前双手合十的样子很像教徒，但跟宗教无关，虽然跟宗教无关，但"吃饭"本身，其实是一件很神圣的事。

教练问我三明治好不好吃，我回答说好吃。昨天他太太去买菜的时候，就海沫的事，我们谈得好好的，我以为"我跟海沫"这个话题已经结束了，但是他吃饭的时候好像心事重重，于是就问他是不是还有什么心思。他将自己盘子里的三明治按顺序一一分开，从面包到火腿，到鸡蛋，再到面包。他对我说："假设最前面的一片面包是我，最后的一片面包是海沫。"我哈哈大笑。他看我笑似乎有点儿不舒服，对我说："你听我说下去啊。"我极力忍住笑，对他说了一句好吧。他开始变得结巴："两块面包夹一块火腿和一个煎鸡蛋。"我重复他的话说："没错，的确是两块面包夹一块火腿和一个煎鸡蛋。"他说："一开始，我想让你做煎鸡蛋，但现在我想让你做火腿了。"我再一次哈哈大笑。他也笑了，但他的笑里掺杂着一丝尴尬。他对我说："我现在并不是在跟你开玩笑。我也是一个男人。之所以把你介绍给海沫，首先是我的选择，说明我喜欢你。知道海沫那里没戏了以后，我忽然想要你。说得难听一点，要么是海沫，要么是我，反正我希望你属于我们父子。说得再难听一点，万一将来你改变了主意，愿意跟海沫谈恋爱的话，我觉得也无所谓。你只要属于我们父子就行。"我一动不动地盯着他的眼睛说："你都说到乱伦了啊。"他回答说："我只是设想了一下而已，你不要想得那么严重。什么叫乱伦啊？如果你真的跟海沫结婚了，但后来又离了婚，而我又是单身的话，完全可以跟我再婚的啊。你已经是成年人了，而且你是喜欢我的，我感觉得出来。"他说我喜欢他倒是说对了。我浑身发热，脸颊上刚刚被他抽过的感觉又出现了。

我让教练给我一杯咖啡，他去厨房冲咖啡的时候，我站起来做了几下深呼吸。他端了两杯咖啡回来，两个杯子都放在他的椅子那边。他坐下去，拍了拍自己的大腿，对我说："菜菜子，可以坐到这里，我想抱抱你。"我有一种害怕的感觉，害怕我坐到他的腿上，会把以后的人生搞得乱七八糟。他今天穿的是白色的T恤衫，米色的裤子。阳光更加明晃晃的了。说真的，他衬衫上的天蓝色斜纹非常好看，令我想起海。说到海，我觉得这时候的他就是海水，想抓住我的脚，把我拖进海水里。

后来我无数次回忆起坐到教练大腿上的那一刻，得出的结论是：当时我陷入了解释不清的混乱状态。当时的气氛令人觉得合情合理，没有拒绝是因为我在混乱中随波逐流了而已。我并没有马上坐到他的大腿上,但是当他站起来,当他向我走过来的时候,我忽然发现其实我早就渴望他的怀抱了,对我来说,他的怀抱就像我憧憬喜爱的羽绒被子。那时候的感觉是,只要能跟他在一起,其他的都可以不在乎了。

那天从教练家出来,我一个人去公园的椅子上,背着太阳哭了一会儿。我感到悲哀和无奈。不应该发生的事情发生了,而结果并不是我想要的那一种。

说出来也许没有人会相信,当我坐到教练的大腿上,他还没有来得及抱我,有一个男人的影子突然出现在窗玻璃上,很快又"飕"的一下消失了。同时我吓得跳起来,说男人肯定看见"我坐在教练的大腿上"了。教练让我别害怕,说那个男人是他的侄子,每次来他家,路过窗口时,都会先趴在窗口看看家里有没有人。我很担心,说他侄子看见了"我坐在教练的大腿上",搞不好会把这事告诉他太太。但他让我放心,说他的侄子肯定看见了,但他的侄子很聪明,绝对不会把这件事说出去。话是这么说,我们好像都没有心情"抱一抱"了,开始默默地喝咖啡。他想他的心思,我想我的心思。

我先开口打破沉默的。我说发生了这样的事,心里觉得怪怪的,恐怕最近一段时间都不好意思到教练的家里来了。他将双臂交叉着抱在胸前,低头在思考什么。我想他是有话要对我说，就静静地等着。

过了一会儿，教练一脸严肃地对我说："菜菜子，以后你不要再来这个家了。即使你来，恐怕我也不在了。"我"啊"了一声。于是他对我解释说："我正打算从这个家里搬出去，已经在找公寓了。"我问他："你太太知道你要搬出去吗？如果你太太知道你想搬出去的话，会同意吗？"他回答说："这个决定是我跟太太两个人反复商量后做出来的。就因为要分居了，所以在不久前的假期，一起去了一趟意大利的比萨斜塔。意大利之行，也许是我们夫妻最后的一次旅行了。"我问他："你是在告诉我，你打算跟你太太离婚吗？"他回答说："暂时还没有这个打算，但是为了海沫，也许过一阵子不得不离婚。"我说："我不理解海沫跟你们要离婚有什么关系。"他说："一个家跟一艘船没有太大的区别，与其让整艘船沉没，不如救一个。救一个算一个。我太太是大学教授，没有我也会活下去，但是海沫没有我的话，未见得能活下去。再说了，如果失去了海沫，我也未必能活下去。我早就想搬出这个家了，已经犹豫了很久，早就应该下决心了。"我说："你太太，肯定会伤心的。没想到她为了海沫，宁肯做出这么大的牺牲。"他说："是啊，毕竟她才是海沫的妈妈。昨天晚上，提起海沫的事，她还是哭了很久。也许她到了精疲力竭的程度了。"我说："都说做母亲不容易,做父亲也很艰难啊。"他突然问我:"菜菜子,你父亲是一个什么样的人呢?"我回答说:"不知道。我对我爸爸没有完整的印象。想起他的时候,都是一些毫无意义的碎片般的记忆。所有跟他有关的记忆和感受,都像蒸发过的水。水过无痕。"

十 以后请多多关照

妈妈去上海后，虽然我觉得很自由，但感觉房子变大了也是事实。模模糊糊中，我一直在等待教练的事有什么新的动向。其实，那天从教练家回来，我一直被一个想法纠缠着，就是希望他可以先搬到我这里，安定后再把海沫接过来。反正家里的房间空着也是空着。所以当我好久没有接到他的电话和短信时，终于沉不住气地打了个电话给他。

我问教练公寓找到了没有。他说有一个觉得不错的地方。我问签约了没有。他说还没有，因为想找个时间让海沫也看看，再听听他的意见。我感到机会来了，对他说可以考虑搬到我家。他一定是惊讶不止，好久都没有说话。于是我趁热打铁，滔滔不绝地说他对海沫的深情令我非常感动，我愿意跟他一起"救"海沫。如果海沫住在我家，我会像"亲人"一样地关心他、照顾他。海沫在温暖的环境中感应到爱，说不定可以从自闭中走出来。

　　看来我的话打动了教练，他谢了我，然后从他的立场说他非常愿意得到我的帮助，也相信海沫在爱的滋润下会康复，但问题在于海沫。他问我："如何说服海沫跟我搬到你那里去呢？"我想了想，对他说："你知道现在很流行那种拼房吧，就是很多人合租同一处房子。你就对海沫说我家是拼房好了。三室两厕，一个人一间房，你跟海沫使用同一个厕所，只有客厅是三个人共同使用的。"他又沉默下来。我问他决定了没有。他说海沫跟平常的人不同，万一搬到我家后给我带来意想不到的麻烦就不好了。我对他说："你不是也跟他一起住吗？有你在他的身边，即使多少有一点儿麻烦，也没有什么太大的担心。反过来说，就因为有你在他的身边，才会避免一些麻烦的啊。"他说："实不相瞒，这次我之所以下决心搬出来跟海沫同住，是因为海沫正住着的那个公寓出现了麻烦。"我问他是什么样的麻烦。他说管理公寓的不动产打电话给他，说接到好多住在同一个公寓的居民的苦情，投诉海沫的房间总是飘出一股恶臭，电视的声音开得也非常大，于是他们去海沫的房间查看，发现房间跟垃圾场没有区别，地板跟墙壁都发霉了。我说："你可以帮他打扫一下啊。"他回答说："当时给海沫租房子的时候是签了两年的契约，只剩下一个月了。房东让不动产转告我，说不打算续约了，让海沫在契约结束日之前搬出去。"我说："这样的话，你更要搬到我这里了。如果海沫不喜欢我这里，到时候再给他找公寓，至少我不会让海沫在指定的日期之前搬出去。"

教练对我说："菜菜子，你听我说了这么多，应该想象得出照顾海沫没有那么简单。我怕给你添麻烦。"我说："你别说那么多了，反正也是试试看。搬过来住一段时间后，如果大家都觉得合适，那就没话可说了。万一你或者海沫觉得不合适，我也不会强求你。"他终于同意了，但是他又担心起我妈妈会不会反对他跟海沫搬过来。我说妈妈在上海，一时半会儿不回东京，回来也只是打个漂就走人。他说："话是这么说，但是……"我打断他的话："别看我妈妈管我挺严的，但原则上，我的事，我妈妈都会尊重我的决定，只要我有正当的理由。"他问我是真的吗？我说是真的。他又问了一遍："你真的不怕海沫给你或者你妈妈添麻烦吗？"我回答说："不怕，因为你也会搬过来。"

教练搬过来的事情定下来了，我跟他的关系似乎也向前推进了一步。他表示他不想跟海沫白白地住在我家里，会按市场价交房费和水电费。我说虽然我不是做二房东赚钱的，但水电费我要收,至于房费,就免了吧。他说那就让他负责三个人的伙食费好了。我说好。我让他决定搬家的日期。他说下个周末。

周末,教练来时的样子令我非常惊讶。他只带了一个大背包过来,里面都是iPad、记事本等跟工作有关的东西。原因他没说,我也不问。不过,他跟他太太在一起二十多年,还有了海沫,一起生活过的分量肯定不可能都装在这么小的背包里。他还给我带来了一份礼物,是一只可爱的猫型台式加湿器,也就花瓶那么大,水里可以加芳香剂。将加湿器递给我时,他对我说:"以后请多多关照。"我收下加湿器,回了他一句"请多多关照"。

然后我建议教练跟我一起去附近的无印良品,他什么都没说就跟我去了。我们在无印良品买了被褥、睡衣和其他的一些日常用品,顺便给他和海沫买了两套一模一样的睡衣。他是下午来的,所以回家时已经是傍晚,两个人都觉得非常累,晚饭打算做一个简单的意面。他要做,我没让他做,我一直希望有机会亲手为他做饭。我做意面的时候,他坐在饭桌那里静静地喝茶。这个时候,我怎么也没有办法把他想象成教练,他更像是这间房子的主人。我几乎能够在西红柿和盐的味道里嗅出他的气息,想到是我用自己的努力促成了眼前的现实,快乐几乎要将我杀死。

妈妈去上海后，我已经习惯了一个人草草率率地吃饭，但今天我愿意花掉很多时间慢慢地吃。吃饭这件事变得快乐起来。我们聊了很多，大部分内容都是今后一个星期要做的事。我们打算周末接海沫过来，当天晚上去烤肉店吃和牛，接下来的周日去台场的海滨公园看大海。最后说到房间的安排，教练睡我现在使用的房间，我换到妈妈睡过的房间，海沫睡平时用来招待客人的那个小间。我一直仰慕教练，想和他生活在一起，而他已经离我这么近了，一种未曾体验过的满足感包裹着我，这是我有生以来有过的最大的满足感。

对了，"想和你一起生活"是茨维塔耶娃的一首诗的名字。诗句如下：……我想和你一起生活／在某一个小镇／共享无尽的黄昏和绵绵不绝的钟声／在这个小镇的旅店里／古老时钟敲出微弱的声响／像时间轻轻滴落／有时候／在黄昏／自顶楼某个房间传来笛声／吹笛者倚着窗／而窗口有大朵郁金香／此刻你若是不爱我／我也不会在意……

吃完饭教练煮了两杯咖啡，喝完咖啡我想他陪我去附近的公园散步。晚间的公园，空气凉凉的，我牵住他的手，并将两个人的手放在他的衣服口袋里。墨绿色的天空下，风"沙沙沙"地刮过我的面颊。昏暗中我们看不清彼此的面孔，但还是围着散步道走了半个多小时。回家的路上，他说他想问我一个问题。

我说好。他问我："菜菜子的家里几乎可以说是一尘不染，但是，只有摆在门口的那个猫头鹰型的陶瓷瓶，上面的灰尘看起来有几寸厚了。只有那个陶瓷瓶不打扫的理由是什么呢？"我回答说："那个猫头鹰型的陶瓷瓶，是爸爸生前最喜爱的东西。估计是妈妈为了纪念爸爸特地保留下来的。关于那些积留下来的灰尘，我也向妈妈问过同样的问题，她说打扫干净的话，就感受不到时光的流逝了。我想，对妈妈来说，那些灰尘或许意味着已经终结了的和延续下来的生命的花束，是妈妈的纪念方式吧。因为人死了就化为尘埃了。不过，有时候我看到那些灰尘，会觉得不舒服。"他"哦"了一声没再说什么。

　　道过晚安后迟迟不能入睡。我怀里抱着北极大白熊，心想它要是教练就好了。我想转移那些又痛又痒又令我疲惫的欲望，就开始数羊。一只羊、两只羊、三只羊……不知道为什么，我数着数着竟然数到了村上春树，我刚刚读完《寻羊冒险记》。

　　村上春树的小说里出现的最多的就是羊和井。最近，学英语觉得累的时候，我会读一些小说调节情绪。前天龙介就问我，为什么那么喜欢村上春树的小说。我想他是误会我了。他看我读遍了村上春树所有的小说，就以为我喜欢。其实，村上春树的小说我只喜欢《奇鸟行状录》和《挪威的森林》，再读其他的，总觉得雷同了。我最近刚读完《刺杀骑士团长》，有一点困惑。《了不起的盖茨比》里，盖茨比为了接近深爱的女人，在女人家的对面买了一座豪宅隔海相望。为了相见，他拜托邻居给女人发邀请。当女人来邻居家做客的时候，他借机跟女人见面。《刺杀骑士团长》里的免色，为了接近女儿，在女儿家的对面也买了一座豪宅隔山相望。为了相见，也拜托画家邻居给女儿画肖像。当女儿到画家的家里做模特的时候，他借机跟女儿见面。我向龙介指出构思上的相像，但他说这是村上春树在向盖茨比致敬。

一边说龙介误会我，一边如饥似渴地读遍村上春树所有的小说，其实是我爱上了他小说中的男主人公。我再重复一遍，我喜欢的不是村上春树的小说，而是他小说里的男主人公。我想他写的是他自己，表现的是他自己的心性和三观。我喜欢孤独的男主人公，在颓废和伤感中追求自我的生活方式时，他总是很努力地想给身边的人某种启示。村上春树笔下的男主人公特别善良，对所有的人都善良，尤其是对女人，哪怕是坏女人。龙介让我说说读后感。我说读的时候觉得男主人公是父亲是兄弟是爱人。读完后会发现自己爱上了作者"那个人本身"。他让我说得再详细一点儿。我说："感觉村上春树是鸡汤，不过是真正的上等鸡汤，补情补神补心。非现实的世界里，他小说里的男主人公，是我第一个想拥抱的男人。"

夜里两点，我听到教练的房间有走动的声音。我钻出被子，去窗前拉开了窗帘。外边的街道似浸泡在透明的液体中，一片澄明。我在窗前站了很久很久。

十一 我想知道时间是什么

教练搬过来的前一天，我陪他去了不动产。不动产的那位带着白边眼镜的女士对我们说，浴室、厕所、房间的墙壁和地板，都发霉或者已经快腐烂了。垃圾充满了房间，蟑螂和虫子到处都是。所以，房子还给房东之前，必须将房间恢复到原来的样子。但装修需要花很多钱。说到这里，她拿出当初海沫入住时教练跟不动产签的契约，一边让教练看，一边说："契约上写得清清楚楚，房间因住客不注意造成损伤时，所有修理费由住客负责。我们请建筑公司估了个价，装修的费用为一百二十万元。当初我们收了二十万元的押金，所以住客方面还要支付剩下的一百万元。"教练说好。她让教练把一百万元转到支付房费的同一个账号上。教练说好。然后她说对这么大的一笔钱感到非常遗憾，不过她只能公事公办。我偷偷地问教练："没事吧？"

他点了点头。

我跟教练一起出了不动产的大门。海沫住的公寓并不远，我们走着就可以过去，虽然明天才帮海沫搬家，但今天想先过去打一声招呼。路上，教练神情恍惚地说："没想到海沫的公寓会变成那个样子。"我问他："你没有去过海沫的公寓吗？"他回答说没有。我"哦"了一声，安慰他说："过一会儿，我们到了海沫的公寓，就会知道不动产说的是不是真的，即使情形真的很严重，最坏也可以用钱解决问题。"我故意转变话题，对他说："今天晚上到我那里吃饭吧。"他说："对不起，最后一晚，有很多事我想还需要跟我太太交流一下。"我酸溜溜地说："当然当然。"

上次跟龙介来的时候，是从车站过去的，但今天从不动产过去，没想到会经过樱木神社。我想这也许是一个巧合，于是问教练想不想进去看看，想不想祈个愿。他说他记得樱木神社是为了祭祀学问之神菅原道真而建立的，但没有进去过。我拉住他的胳膊说："管它什么神，既然有缘分遇到了，就进去看看。"他就跟着我进了神社。

参道上有一个小屋，里面有一只叫"ウッコ"（wukko）的乌骨鸡，非常美丽。墙壁上贴着一张纸，上面写着："ケイ（kei）被白鼻心袭击而丧命……"原来"ウッコ"曾经也有过

美好的搭档"ケイ"啊。拜殿被一片绿色包裹，恍惚中会忘记这里其实位于东京都市的中央。教练参拜祈愿的时候，我去求了一个木板绘马。日本人自古将马看作神明的坐骑，所以有信徒用活马奉献给神社以表示虔诚并祈愿。但是，对神社来说，活马需要饲养的空间以及饲料，花费很大。因为是这样的原因，活马逐渐被替换为木马、土马和纸马。到了当代，已经变为在木板上绘画的马，所以叫"绘马"。参拜的人将愿望虔诚地写在木板上，然后将木板挂在神社内指定的地方，神社的职员定期焚烧这些绘马，借此将参拜者的愿望传达给神。

我在绘马上写下"愿海沫的一切如教练所愿"。

将绘马挂到神社指定的木架上，我来来回回地看了好几遍"愿海沫的一切如教练所愿"这句话，心里觉得十分安堵。教练来到我身边，问我在干什么。我指着一排排的绘马，对他说："我在看其他人都有一些什么样的愿望。"他说不就是大学合格、结婚、生意繁荣、学力向上、无病息灾这些愿望嘛。我突然笑起来,说有一个比较受冲击的,用热情洋溢的字体写着:"燃烧吧！少年的灵魂。"并指给他看。他看了一眼，说写这愿望的人一定是一个少年。我说："燃烧灵魂这词令我觉得好笑，调子太高了。"他问我知不知道博尔赫斯。我说名字倒是蛮熟的。关于灵魂燃烧，他说他知道博尔赫斯也说过一句话，好像是"我的灵魂在燃烧，因为我想知道时间是什么。"我说："听起来很有哲学味道，可惜我不懂里面的意思。"他对我说："有一个学者这样解释这句话：时间是个根本问题，无法回避，只要时间这个问题不解决，世界上便没有一种危险能得到化解。而时间是延续不断的，所以人类将永远焦虑不安。"关于灵魂和燃烧，以及灵魂和时间，我跟不上他的解释和逻辑，觉得脑子都大了。我想马上结束这样的对话，就问他是不是真的相信神会帮助他。他回答说："没有人能证明这个问题。但从某种意义上说，祈愿是智慧的出发点。"我耸了耸肩膀对他说："现在我们得去海沫那里了。"

按过门铃后，过了好长一会儿，海沫才从开了一条缝的门里斜着身体出来。看到我，他的脸上表现出意外的样子。教练是他爸爸，我以为这一次他会让我们进房间说话，但是跟上一次我和龙介来的时候一样，他站在门前不动，也不说话。面对海沫突如其来的沉默，教练的样子也很尴尬。他笨拙地向海沫说明了跟我一起造访的目的，最后让海沫明天上午在家里等我们过来。

海沫脸色苍白，眼球慢慢地游动了一阵，突然很激动地对教练说："我不会搬家。"见海沫不到两分钟，刚才在神社祈愿后的安堵感便一扫而光。"时间是延续不断的，所以人类将永远焦虑不安。"这句话突然从脑海里跳出来,但这一次我觉得有点儿理解了。教练看了看四周,压低声音说契约已经到期了,而不动产不再续约,所以不能在这里住下去了。海沫挺直了身体,愤怒地说:"我不跟你们一起住。"我本来不想插嘴,看教练一副不知如何回答的样子,就对海沫说:"你跟你爸爸搬到我那里。是合住,又不完全是合住。怎么解释好呢?你知道现在流行的拼房吧,好多人合住在一起的那种。你爸爸、你、我,三个人有各自独立的房间,共同使用的地方只有客厅和浴室。你喜欢游戏,你可以在自己的房间随意玩,没有人干涉你。"海沫苍白的脸上出现了红晕,生硬地说:"如果强迫我搬家,我就找律师上诉你们。你们等律师的联系吧。"他缩回大门里,顺手将大门"砰"地一声关上了。

海沫的态度令我跟教练非常意外和失望。但是我差不多醒悟到了,他不肯搬家,其实是不想跟我住在一起。另一方面,我感到海沫的身上有一种相互矛盾的东西。明明他在精神上有问题,但对自身的利益却有着相当强的主张和控制欲。教练似乎没有看到这一点,去车站的路上,很伤心地对我说:"海沫离我越来越远了。"他好像很累,好久都不再说话。

我心里想,时间对于教练来说,是什么东西呢?不动产要求海沫搬出公寓的日子迫在眉睫,已经没有他能够蹉跎的时间了,可以说只剩下"此时此刻"了。快上电车的时候,我用小得几乎听不见的声音对他说:"给海沫单租一间单身公寓吧。"我不问他怎么办。问怎么办的话,不太保险他会继续留在我家里。感觉自己好像在设圈套让他钻进去似的,面颊不由得热起来,我知道我的脸红了。就在这个时候,电车来了,车门打开后,他的右脚先跨了进去,我紧随着他。我听见他咕噜了一句:"已经没有反复商量的时间了。"

十二　海沫的妈妈干吗去了

十万火急中我想到了龙介，于是发短信给他，问他住的地方的环境和物价怎么样。龙介立刻回信说不错，还举了几个例子。放下手机，我对教练说龙介住的白山离东京大学很近，房租不贵，物价也便宜，可能的话想一起过去看看。还说今天是周末，最好今天就过去。

龙介考上大学后，离开父母，自己在白山租了一间单身公寓。时至今日，关于龙介的隐私，我想就跟教练说了吧。主要龙介作为大学生，已经是半个社会人了。另一个方面，因为我跟龙介成了所谓的"闺蜜"，三天两头地通信聊天，我也怕教练继续误会我们的关系，我反而不好跟龙介正常来往了。

教练决定下午去白山，但他想开车去，所以上午必须去一趟"原来的那个家"，把车开过来。他从家里出去后，我的心里渐渐生出了一丝不安,越克制越膨胀。我老是想他太太会跟他问起海沫的事,因为海沫不跟我们一起住了。想来想去,连自己也觉得他搬出来的意义已经不存在了。我坐在沙发上等他,虽然隔着一层窗玻璃,但外边鸟的叫声、人说话的声音和小汽车来来往往的声音,都传到我的耳朵里。可能是害怕他会改变主意再搬回原来的那个家,我一直想吐,但结果证明我的恐惧是多余的。他出发去原来的那个家,没多久就开着车回来了。他对我说:"我太太不开车,以后车就留在这边好了。"

龙介给我们介绍的那家不动产的名字叫樱花,特别大众,谁听了大概都会永远记着。接待我们的是一个叫新井的男人,他说我们的运气非常好,赶巧龙介住的那个公寓在昨天空出了一间房子,如果我们有意,马上可以带我们过去看看。我欢天喜地地同意了。海沫能跟龙介住在同一个公寓的话,多少令我放点儿心。

听新井说,房子有一室一厅,室有六个榻榻米那么大,厅有四个榻榻米那么小。我想大小也正合适。

去看房的时候,教练跟新井走在我和龙介的前面。龙介小声地问我:"你在短信中说的海沫的爸爸,是不是就是前面的那个男人?"我说是。他问我:"他既然跟你合住了,干吗又在找房子呢?"我说是在给海沫找房子。他问我:"海沫的妈妈干吗去了？"我"嗯"了一声。他说："哦，不好说啊。那就是离婚了吧，所以海沫的爸爸才会跑到你那里合住的啊。你跟他是什么关系啊？不仅仅是教练跟女弟子的关系吧？再说了，最早不是你跟海沫之间有那种可能吗？"我对他说："你什么时候变得这么八卦。不过，教练并没有离婚。"他做出目瞪口呆的样子。我对他说："事情挺复杂的，说来话长。等什么时候找个时间再慢慢跟你解释。"他问我："你妈妈知道这件事吗？"我说："还没找到合适的机会跟妈妈说。"他对我说："我理解。有些事恰恰就是不好跟妈妈说。"我对他说："别光说我的事。你跟你妈妈坦白你是那边的人了吗？"他说："还没坦白呢。我现在最害怕的就是她老是催我找女朋友。她急着抱孙子呢。"我哈哈大笑，新井跟教练一起回头看我们。

房子朝南，给我的感觉挺新，也挺舒服的。我们来的时候是午后，阳光静静地照着木纹地板和雪白的墙壁。我从窗户看外边，对面是白色的一户建，庭院里有一棵大树和一片草坪。公寓和一户建之间夹着小街，行人不是很多，比较安静。我觉得没有什么好犹豫的，应该立刻跟不动产签约。但教练要我们稍微等他一会儿，一个人走出门外。我想他是去给海沫打电话了。我们等了很长时间，大约有五分钟左右，他终于回来了，对新井说决定租下这个房子。

新井很高兴,让我们跟他回不动产签契约。龙介表示不跟我们一起去不动产了。他对我说:"菜菜子,如果不介意时间的话,请到我家里坐几分钟,喝一杯茶就好。"他看了一眼教练,补充说:"请你的朋友也一起来,但是,我还不知道你朋友的名字呢。"我赶紧回答说:"失礼了,见面的时候忘记介绍了。我朋友的名字叫依田。"龙介跟教练几乎在同时说了一句"请多关照"。我挺想去龙介家看看的,但教练说时候不早了,要在今天办理的事情还剩下很多,不妨下一次再打扰龙介。他对龙介鞠了一个躬说:"租房子的事,承蒙关照才如此顺利如愿,非常感谢。今天在这里失礼了,改日一定专程过来致谢。"龙介后退了一步,使劲儿地摇着手说:"别客气,值得感谢的事,我一样也没有做,不过是介绍不动产给菜菜子罢了。"教练又说了一遍谢谢。我觉得,龙介对教练,教练对龙介,双方的印象都不坏。

回到家时天已经黑了。教练让我一个人吃晚饭,而他自己开车去海沫那里了。我以为他帮海沫收拾完东西,回来的时间会很晚,但他又早早地回来了。问他有没有吃晚饭,他说跟海沫在外边吃过了。他洗过手,匆匆地喝干我给他冲的那杯咖啡,一直不断地对着我摇头,好像受到了很大的打击。我问他:"真的像不动产描绘得那么糟糕吗?"他龇着牙,说他一进海沫的房间，立刻起了一身的鸡皮疙瘩。我说这么严重的话，那搬家的时候一定会很费事。他说个人简直没办法处理那么糟糕的境况，所以已经打电话给方便公司，让方便公司把房间里所有的东西都当垃圾处理掉。我问方便公司是否也负责最后的清扫。他说连清扫的钱也支付了。这时候，我忽然想起了龙介问我的那句话："海沫的妈妈干吗去了？"一般情况下，一个家庭里出现了海沫这样的孩子，做父母的务必一起努力才有希望找到解决的方法。妈妈也许比爸爸还重要，因为是孩子精神上的支柱。但教练家的问题不一般，内核本身分崩离析了。海沫的问题恰恰出在所谓精神支柱的妈妈那里，最重要的那个支柱本身折断了。

我一边喝咖啡，一边看教练。一天下来，他似乎老了很多。他郁闷地坐在椅子上，眼睛直呆呆地盯着饭桌上的咖啡杯，有时会轻声地叹一口气。我走到他身边，从身后抱住他的肩膀，小声地对他说："辛苦你了。"自从我们相识，我还是第一次主动地抱他。他拍了拍我的手，小声地说了声谢谢。

今天不适合聊天，我一个人去自己的房间，爬上床去看书。教练在睡觉前敲了敲我房间的门，就那么站在门外对我说："海沫搬家的那天，最好你不要去帮忙，我一个人去他那里，然后带他去新房好了。"我大声地说好。离搬家的期限还剩一个星期，而这个周末正赶上三连休，我想他有充足的时间帮海沫搞定那个新家。

三连休的第一天，为了给海沫置办一些日常的生活用品，教练让我带他去附近的商店看看。我先带他去山田电器商店，在那里买了一台四十二型的彩色电视机。令我惊讶的是，最近的电视机又薄又轻，即使我一个人，单手就能提起来了。因为还要去别的地方，教练想让商店直接将货送到海沫的新居，但这样的话，既要等三天，又要花运送费，所以我极力反对，主张将电视机放到教练的车里，还说教练去海沫新家的时候，直接带过去就好了。然后我带教练去了NITORI，给海沫买了一套单人被褥、枕头以及坐垫等物品。教练还想买锅碗瓢盆和筷子，我没让他买，因为龙介告诉我，他家里有好多闲置不用的东西，包括锅碗瓢盆。不过，我还是让教练买了两双新筷子。妈妈每过新年都会买新筷子，说筷子相当于人的两条腿，新年要走新路。我也想表示一下心意，打算选一个礼物送给海沫，但教练说我是学生，坚决不肯让我买任何东西。

第二天是教练带海沫去新家的日子，说好了我不参与，加上昨天买东西走了太多的路，身体很疲劳，早上感觉睡也睡不醒。教练去大门口的时候，虽然我听见声音了，但没有起来跟他打招呼，他也没特地叫醒我。没想到这次他回来得更早，可以说刚下楼就回来了，一回来就敲我房间的门。我知道肯定是发生了什么不平常的事，一骨碌爬出被窝，困意完全消失了。问他发生了什么事，他说打开车门后，发现昨天买给海沫的那台彩色电视机不见了，为了不弄错，想问问我有没有把电视机放到其他的地方。我说我没有动过电视机。他说那就是被人偷走了。我问他是否忘记关车门了。他说不可能忘记。我问车门有没有被撬过的痕迹。他说没有。我问被褥和其他的东西还在不在。他说其他的东西都在，只有那台电视机不翼而飞了。

这段时间麻烦的事情太多了。我跟教练道歉，说如果昨天听他的话，让电器商店直接将电视机发送到海沫的新家就好了。他说这事跟我没有关系。我跟他去停车场，再确认了一次，车里的确没有电视机。我歉疚地对他说："对不起，我去山田电器店再买一台新的给海沫吧。"他说买电视机的事就交给他好了，但发生了被窃的事件，首先要去警察局报失。再说了，如果警察抓到了犯人，电视机还能找回来。我要陪他去警察局，他说他自己去就行了。

教练开着车走了。回到家，我的心里沉甸甸的，于是想跟龙介聊几句。龙介接电话的声音非常明快。我对他说："给海沫新买的电视机放在车里，早上起来就不翼而飞了，而车子一点儿被撬的痕迹都没有。"他说："你们怎么这么不小心，贵重的东西是不应该放在车里的。"妈妈说她的小时候，日本人最讨厌的就是小偷。现在的日本跟妈妈小时候的不同了，很多事情都发生了变化。我说："眼前的日本，偷窃行为简直可以说是泛滥。现在我跟你聊着天，而电视里的新闻正报道偷窃事件呢，连人家门前的花盆都偷。"他说："世风日下，只能自己多加小心。"我说："那台彩色电视机，可是七万多元呢。我心痛得牙都痒痒了。"

放下电话后，好长时间仍然觉得心中郁闷。海沫的运气真的是太差了，最近，凡是跟他有关的事情，不是这里就是那里，总会出现一些意想不到的问题。这次也可以说是出师不利。麻烦也就算了，还跟警察挂上了钩。我这个人，无论好事还是坏事，都不喜欢跟警察打交道。细想起来，自己以及身边的人，还真没有人跟警察打过交道，这回可是第一次呢。

又想起原定的计划，今天晚上要带海沫去烤肉店吃烤肉。说真的，还没有看见肉，我已经觉得没胃口了。好长一段时间里，电视机被偷的事怎么也不肯离开我的脑子。快到中午的时候，我才感觉到肚子饿了，于是冲了一杯咖啡，就着果酱吃了一片烤面包，然后上床，呆呆地养了一会儿神。

十三　他将七个小盘子在眼前排成一列

东京的大街小巷里有很多叫叙叙苑的烤肉店，离我家不远的地方就有一家。由于肉的档次不低，价格还不昂贵，特别是营业时间到深夜，每家店都可以说是生意火爆。妈妈在东京的时候，几乎每个月会带我吃一次那里的烤肉，每次点的东西都一样，都是我喜欢吃的和牛三盛、雕花牛肩肉、葱花牛舌、内脏和色拉。妈妈额外会给自己点一份蟹肉粥。妈妈说中国烤肉店的烤肉，好吃是好吃，可惜肉不是由客人自己来烧烤，吃肉的时候，总觉得少了点儿什么。我没有去过中国，不知道妈妈说的话是真是假。关于烤肉，我只跟妈妈一个人吃过，所知道的可能只是妈妈个人的常识而已。比如用来烤肉的网，很薄，而肉是冷的，为了尽可能少沾上肉汁，所以一定要预热之后再放肉到上面。至于烧烤的顺序，妈妈告诉我要从薄的未经调味的材料开始烤，按她的指教，我总是从牛舌开始，到内脏、三盛、牛肩，最后才是蔬菜。比起酱烤，我跟妈妈都喜欢盐烤，但在蘸料上，妈妈喜欢柠檬蘸料，我喜欢辣蘸料，偶尔我也会搭配一次特调蘸料。

之所以将烤肉店定在家门口的叙叙苑，除了我熟悉并喜欢那里，还有就是想利用今天的机会，带海沫到家里看看，说不定他看了之后，心机一转，愿意搬过来跟我和教练合住呢。有一点可以肯定，如果他肯搬过来，教练在他的身上会少操很多心。再说了，虽然我拜托龙介帮海沫介绍他那边的单身公寓，但没想到两个人会住到同一座楼里。当时我是很高兴的，觉得龙介可以帮忙照看海沫，但过后冷静下来，忽然担心海沫给龙介惹麻烦。也许海沫会将新家再一次变成垃圾站的。昨天我把带海沫到家里看看的想法说给教练，他想了一会儿，觉得我说的有道理，愿意试一试。接着教练跟我说了一件令他很伤脑筋的事，实际上，海沫已经有很长时间没有去大学上课了。我说现在流行网上授课，好多课可以用电脑或者手机在家里听，也许他用手机听课呢。教练摇头。我不敢再说什么，害怕触及到中途退学那个话题。其实，模模糊糊地，连我也觉得海沫正在一步一步向退学的方向接近。

听我说是昨天用电话预约过的依田，叙叙苑服务台的男人立刻让我跟着他走。我刚坐下，穿着和服的女服务员就送来热乎乎的绿茶，并轻声细语地问我要不要马上点菜。我说人还没有到齐，等齐了再点。于是她告诉我，想点菜的时候，按桌子上的铃就可以了。我四处张望了一下，十几张桌子都已经坐满了人。天井上橘黄色的灯泛着温馨而幽静的光。从东西两侧的大窗可以看到外边被树遮了一半的天空。妈妈曾经跟我说她一直都喜欢这里的气氛，虽然人很多，看起来乱糟糟的，但是并不会觉得吵嚷。左边的第二张桌子旁，围坐着四个年轻男女，虽然他们聊天的声音并不算高，但因为说的是中国话，一下子就引起了我的注意。我忍不住看了他们几秒。

五点整，我看见教练走进餐厅的大门，身后跟着海沫。今天的海沫，穿了一件天蓝色T恤，是昨天我跟教练帮他买的新衣。教练的衣服还是早上出门时穿的那件T恤，也是天蓝色的。

海沫的脸色看起来依然苍白。我站起来跟他寒暄，但他紧闭着嘴唇，点了个头就在椅子上坐下来。我和教练随着他坐下。教练问我点菜了没有，我说还没有。我问海沫有没有什么喜欢吃的，他盯着桌面摇了摇头。教练让我点菜。我问点什么。他让我随便点，但马上补充了一句："就点你喜欢吃的好了。"我喜欢和牛三盛、雕花牛肩肉、葱花牛舌、内脏和色拉，于是每一样都点了三人份。点这几个菜，已经成了我的习惯，一段时间不吃这几个菜，会有失魂落魄的感觉。

等上菜的时间，我没话找话，问海沫对新家的感觉怎么样。但他根本没在听我说话，伸手去拿摆在烤桌上的蘸酱用的小盘子。他拿了一个又一个，一共是七个小盘子。开始，我以为他拿的小盘子里，也有我跟教练两个人的份，但是我错了。他将小盘子在自己的餐位前排成一列，手臂苍白而纤细。也许是我的错觉，觉得他的手在摆小盘子的时候轻微地抖动着。他开始拿蘸酱了，一样一样地拿，七种蘸酱排队似的列在小盘子的旁边。我这才明白他为什么要拿七个小盘子，原来他已经算计过了。之后，他将蘸酱分别装在七个小盘子里。我偷偷地看教练，他坐在海沫的旁边，毫无表情。意识到我在看他，他向我轻轻地咬了一下嘴角，然后拿了两个小盘子，并将其中的一个放在我的面前。我朝他点了一下头。

服务员送来了和牛跟牛舌。我开始点火，打算先预热一下烤肉的网，但海沫在我点火的时候，将和牛跟牛舌一股脑地投到网上。也许他饿得厉害，也许和牛跟牛舌相当合他的胃口，网上的肉跟舌刚刚烤得差不多，便被他用夹子全部夹到自己的盘子里。他低着头，一口接一口地吃，眨眼的功夫盘子就光了。服务员又送来了内脏，同样也被他一扫而光。一轮下来，我跟教练只吃了自己的那份色拉。我问他还要不要添点什么，他回答说橘子水。这是我跟海沫之间的第一次对话。有几次，教练似乎不知所措，小声地催促我吃肉，还特地叫服务员添加了两盘和牛。服务员送橘子水来的时候，他问我还要追加点什么，我本来没有食欲，但这种气氛下什么都不点的话反而令他烦恼。我问服务员有没有饭团，回答说有烤肉汉堡，我就要了一个，教练也要了一个。

吃饱喝足了，海沫要去卫生间。我告诉他直走，到头了朝右拐就是男厕所了。他离开后，教练对我说："对不起。海沫这样的吃相，让你不舒服了吧。"我说："怎么会呢？"他说："你不说实话。"我说："说实话，的确是有一点儿难为情。但形容起来的话，就是觉得烤肉店的洗碗工要多洗几个小盘子的那种感觉。我真的没有介意。"他又问我："你没有吃饱吧？哪天我们两个人再来一次。"我默默地朝他点了一下头。

海沫回来后，我们立刻结账。我担心海沫不肯去我家，但今天他真的很合作，竟然同意了。

十四　床板咯吱咯吱地响了一阵

　　进门后，我请海沫坐到沙发上。也许是第一次到我家来，他似乎非常拘谨，将两只手放在膝盖上，跟刚才在烤肉店的样子判若两人。怕他觉得无聊，我顺手将茶几上的电视遥控器递给他，一边说："你看看电视吧。"这时候，我忽然想起了那台被盗的电视机，觉得找到了话题，于是对他说："对了，你爸爸给你买的新电视机，被什么人偷走了。在买新的之前，没有电视的时间很无聊吧。"他突然生硬地回了我两个字："买了。"教练在旁边接着他的话对我说："那天从警察局出来，我直接去电器商店又买了一台新的。"我"哦"了一声，问教练："你去报失后，警察那边有没有跟你联系过？"他回答说没有，又说电视这类东西，被盗走的话，基本上是找不回来的。

　　我从冰箱拿出罐装茶，给教练和海沫一人一罐。刚刚在烤肉店里喝过饮料，我不想喝东西，就坐在饭桌前的椅子上。海沫问教练："游戏机，打算什么时候给我买呢？"教练想了想，回答说："尽快吧。你再等两天好了。"我看着教练说："明天就可以买啊。不是说好了去台场海滨公园吗？公园的对面就有很大的购物中心。服装、电器、饮食，非常齐全的。"教练说："我倒是没想到，那就明天买吧。"话说到这里，海沫将我给他的遥控器对着电视机，用拇指按了一下红色的按键。我还没有来得及看清电视里播放什么节目，他已经快速换了一个频道，然后又快速地换到另一个频道。从打开电视机，他所做的，就是一直不断地换频道，根本不看节目，电视屏幕成了一张张快速闪动的闪卡。我偷偷地看教练，他一副可怜兮兮的样子，不知所措地站在客厅的中央。天井的灯正好在他的头顶，灿灿的光笼罩着他，使我将他的神情和脸上的皱纹看得一清二楚。我心里想，这种时候，我不在眼前的话，教练也许会觉得好受一点，于是特地去冰箱那里，打开了冷藏柜。我本来想找点甜点给海沫，但我跟教练都不喜欢甜食，尤其为了向教练靠近，我在吃喝上也学着大人化，所以冰箱里有很多啤酒和罐装茶。

　　妈妈在东京的时候，经常去中国物产店买一些速冻元宵、速冻饺子和干豆腐丝什么的储存在冰箱里，不知道还有没有存货。不过，即使有存货，妈妈去上海这么久了，早该过了消费期限。

我真的在冷冻柜里找到了一袋元宵,看袋子上的说明,果然已经过了消费期限。本来打算把元宵扔到垃圾箱的,但抬起来的手却在中途停了下来。元宵是家里能够找到的唯一的甜点,再说元宵是冷冻的,偶尔我也会吃一些稍微过一点消费期限的冷冻食品。最主要我现在的心情是,希望海沫马上能够停止换电视频道。犹豫了一会儿,我还是拿出铝锅,加了一半的水,打开了煤气。水烧开后,我把元宵放进去煮。平时的话,只要元宵漂到水面上就可以吃了,但元宵已经浮起来后,我还是多煮了五分钟。我从碗柜里拿出一个瓷碗,将元宵盛进去,端到海沫的面前,一脸小心地对他说:"这是中国的元宵,在日本的中国物产店买的。外边这层白的是糕,里面是豆沙和芝麻。很好吃的。"他一点儿反应都没有。我问他:"想吃吗?"他点头说想。我小心翼翼地把瓷碗放在茶几上,对他说元宵很烫,一定要慢慢吃。走回饭桌的时候路过教练的身边,他小声地对我说谢谢,我没好意思看他的眼睛。

海沫放下遥控器,开始吃元宵,他吃得很慢。我担心地问他元宵的味道怎么样。他抬头看了我一眼,毫无表情地点了一下头。我知道他的意思是在说好吃,于是心里有东西忽悠了一下,开始感到后悔。我觉得自己做了一件非常对不起人的事。

别人不知道元宵过期了,但是我知道啊。

吃完了元宵,海沫好几次要回家都被我拦下了。我下决心,不超过三十分钟,绝对不让他离开我家。我甚至想出一个主意,让海沫晚上就住在我家里,还说明天正好一起出发去台场海滨公园。对我的这个建议,海沫坚决不接受。僵持的次数多了,教练开始不解地看我,我也没有办法跟他解释。三十分钟好不容易过去了,海沫看上去平安无事,我松了一口气。不久,他又说要回家,我就没再挽留。

教练开车送海沫去白山,估计过一阵才能回来。我想了很多,觉得海沫还是不要跟我们一起住比较好。不说别的,烤肉时海沫的吃相,以及他来我家后一直换电视频道,虽然我并没有在乎这两件小事,但教练却为此在我面前表现得十分尴尬。说真的,教练每次跟我道歉,我的心里都会非常难受。另一方面,虽然我几次挽留海沫住在我家,他一直都不肯接受,这一点足以证明他不会同意搬过来。关于让海沫跟我们合住这件事,虽然折腾了大半天,结果还是算了吧。也许因为想的事情太多,我的脑袋都发胀了,像被灌进去一升水的感觉。我突然想喝酒,于是从冰箱里取了一罐啤酒。开封后喝了一口,觉得有一股苦味。不过,我的心情开始好受起来。

教练回来了,一进门就对我说:"辛苦你了。"我让他不要跟我聊天，先去洗澡。从浴室出来的时候，他穿着那天在NITORI刚买的睡衣，冲着我说谢谢。我没说话，去冰箱给他拿了一罐啤酒。他问我："你不喝？"我说刚刚喝了一罐。他开始默默地喝啤酒，我怅然地望着窗外的天空。

我对教练说："我有一种感觉，比起上一次见海沫，他的病好像严重了。"他"嗯"了一声，但没有说话，似乎在沉思什么。

偶尔有这样的时候，两个人因为有了共通的默契而心照不宣。现在就是这样，我跟教练都不提让海沫搬过来跟我们合住的事。这一次，他先打破了沉默，对我说："一开始，我以为海沫只是跟他妈妈怄气，是一时性的自闭，如果有一个漂亮的女孩跟他谈谈恋爱的话，他就会好起来。"我说："嗯。"他说："我现在非常混乱，或者说还没有接受海沫有病这个事实。你知道，我会一而再再而三地想海沫是东京大学的现役大学生，然后内心充满了遗憾和愧疚。"我说："嗯。"他说："既然海沫不会跟我们合住了，那么我也没有理由留在你家里了。"

我一时无语，静静地看了教练一会儿，对他说："当初我希望你搬过来，虽然说是为了海沫，但真正的动机是我想跟你在一起。你知道我喜欢你的，而你也说过喜欢我。说心里话，我不想要你走。"他"嗯"了一声。我接着说："其实我心里也有很多困惑。我经常会这么想，如果不是因为海沫讨厌妈妈，你应该不会搬出那边的家，所以也不可能跟我合住。"他以平静的语调回答说："海沫是我搬到你这里的直接原因，但离开那个家，只是时间上的问题。"我不说话，默默地等待他说下去。"作为海沫的母亲，直到海沫搬出去，甚至我搬出去，她一次都没有跟我推心置腹过。她跑到宗教那里寻求安慰了。有时候，我忍不住会猜测，海沫到底因为什么原因如此憎恶她呢？海沫不在家的时候她进了海沫的房间，海沫不高兴是可以理解的，但就凭这么一件小事，海沫为什么会到了憎恶她的程度呢？我老是觉得还有其他我不知道的秘密，但我又想象不出是什么事。海沫变成那个样子绝对不是出于偶然。"他突然沉默下来，我不知道跟他说什么好。过了一会儿，他对我说："啊，还是不说这些无奈的事了吧，再懊悔，有些东西还是无法挽回的。"我"嗯"了一声。

喝完啤酒，教练问我是不是累了。我老实地回答说累了。他连说了几次对不起，让我去房间休息。我说好。但我往房间走的时候，突然听见他很急切地喊我的名字。我回过头看他。他小心翼翼地问我："今天晚上，我可不可以去你的房间？"我说："可以的。"我让他等一会儿，去房间简单地整理了一下东西，然后倚在门框上对他说："可以了。"

我知道教练今天晚上绝对不会"动"我。今天的他意气消沉，不过想通过我来振作精神而已。果然，他进了我的房间，坐在床沿上，低着头问我："菜菜子，你说海沫的病会治愈吗？他不会总是这个样子吧？接下去，你认为我应该做点儿什么呢？"我看着他的眼睛，开门见山地说："你抓紧时间带海沫去心疗内科吧，可以让海沫先跟心理医生谈一下。如果相谈不能解决海沫的问题，还可以通过药物来治疗，听说现在的药没有什么太大的副作用。"他将上半身倒在床上，两条腿耷拉在床下边，茫然地看着天井。我学他的样子，也将上半身放倒，一动不动地看着天井。

话说床是爸爸在世时买的大双人床，妈妈一直睡着，偶尔我想要妈妈的时候，会跑来跟妈妈一起睡。年头多的原因，翻身的时候，床板会咯吱咯吱地响。过了一会儿，我将身体侧起来，脸冲着教练，床板咯吱咯吱地响了一阵。我问他："为什么不肯带海沫去医院呢？"他叹了一口气。我想他也许有难言之隐。唉，不说也罢。我对他说："明天去台场海滨公园，你要早早起来去接海沫，还是早一点儿睡吧，什么都别想了。晚安。"他似乎在自言自语："在我看不见的那些时间里，想不到海沫的世界已经变得面目皆非，一片混沌。也许海沫这个名字起得不吉利，随波逐流，失去自我。"我不想回答他的话，独自钻到被子里,他跟着钻进来,轻轻地对我说:"晚安。"

很意外他竟然很快就睡着了。

反而是我睡不着。我从旁边看教练熟睡的脸,想起不久前他用三明治做比喻,让我成为挨着他的火腿,感觉是兜了一个很大的圈子才跟他躺在同一个被窝里。这时候,世界非常安静。他的鼾声很大,我能够想象出他的疲惫不堪。我叹了口气,闭上了眼睛,挨着他身体的第一个夜晚,仿佛是一段令人伤感的时刻。不管我多么想睡,脑子里就是有一团团挥之不去的东西。它们是惶惑、不安和苦恼。

说真的,父爱一直是我无法感知的一个大空洞,空洞延伸出渴望,以致我不能像平常的女孩那样,跟自己同龄或者比自己年轻的男孩谈恋爱。自从喜欢上教练,到我去他家玩,再到他来我家跟我合住,虽然他并没有将我身体上的大空洞填满,但在感受他的惶惑、不安和苦恼的时候,我身体上的空洞,在一点一点地变小。从这个意义上说,教练本身其实已经成了空洞的一部分,而空洞是我身体的一部分,所以教练也是我身体的一部分。一方面,我觉得教练是我爸爸就好了;另一个方面,我又觉得能找到一个像教练这样的男人结婚就好了。以教练躺在我身边的这一刻为界线,我再也不可能如此单纯地把握身体的那个空洞了。怎么说呢?作为恋爱对象的教练在这里,我也在这里。在我心里化身为爸爸的教练在这里,但他不是爸爸,爸爸不在这里。啊,我实在想不出用什么确切的词汇来表现我内心的感受。

十五 三个人搞不好真的会走散了

顾名思义,台场海滨公园是个拥有海岸和沙滩的公园,位于东京湾,是有名的观光景点之一。

我对历史不是非常了解,大致知道的是:江户时期,为了抵抗外敌,人们在东京湾上建立了一座海上炮台,就是所谓的防御要塞,这便是"御台场"的前身。"御台场"也被称为"台场"。在这个人工岛上,汇集了富士电视台、电讯中心、国际展览中心、彩虹大桥、购物中心和我们今天要游玩的台场海滨公园。购物中心有上百家商店,卖什么的都有,我喜欢其中的 DECKS Tokyo Beach 和 AQUA CITY 台场。有朋友从上海来东京,妈妈每次都会带来这里观光购物。不过,我不太理解妈妈为什么带她的中国朋友到这里来,除了人多,剩下的就只是热闹了。换成我的话,就会带朋友去柴又、谷中、小川越这些地方,钻小巷，吃回转寿司，泡露天温泉，感受日本人实实在在的日常热源。

可惜公园的海域禁止游泳，但是允许用冲浪板冲浪。冲累了，可以在沙滩上享受温暖的日光。另外，园内还有一座仿制美国自由女神的塑像，虽然唯妙唯肖，高度却只有十二点五米。最好是傍晚来公园，被落日余辉笼罩着的彩虹大桥，华美至极，令人生出无比的感动。

我跟教练和海沫到公园的时候太阳已经很高了。教练把一日的活动完全托付给我，我决定先看海，然后去公园对面的购物中心。我来过台场海滨公园很多次，每次都会拿出半天的时间坐在沙滩上看海。不可思议的是，每次看海，我都会在无意识中，将脑子里所有乱七八糟的事情一股脑儿地倒出来，并把它们交给海。形容起来的话，就是身心都处在类似真空的状态里，心旷神怡。我希望海沫的身心也可以享受这样的乐趣。对他来说，大自然的启发也许有着更大的意义。

去海岸时，要穿过一片沙滩。我们三个人都穿着运动鞋，鞋底踩到沙子上时，发出"沙沙沙"的声音。园内有很多跑步练身的人，不知为什么，我的目光总离不开那些被主人用一根绳子牵着的小狗。偶尔我会注视一下海沫，感到他的神情更加惶惑了。虽然是秋季，但青天白云，阳光比想象得要毒辣很多，而我们三个人都没有戴遮阳的帽子。默默地坐了一阵子，海沫小声地跟教练嘀咕了一句话，我没有听清他说的是什么，于是教练站起来，指了指富士电视台，问我要不要去电视台看看。我看海沫，问他想不想去，但他看教练，并不回答我的问题。

我不想去富士电视台，于是对教练说："电视台那里除了人还是人。无数的人拥挤成一列，一步一步地往前蹭。眼前能看见的，都是黑压压的人头。好多人去电视台是为了看那些在电视里出现的人，但那些人其实都在墙上贴着的海报里。"教练问我："你去过富士电视台？"我说："妈妈的朋友来日本时，跟妈妈陪她的朋友去过两次，感觉很糟糕。再说了，我对那些在电视里出现的人，一点儿兴趣也没有。"教练指了指脑袋说："也许我年龄大了，经不住晒，感觉被晒得头都痛了。"我对教练说："那就去购物中心好了。海沫不是要买游戏机吗？我们可以去那里的电器商店。"说到这里，我再一次看着海沫说："不过，如果你想去富士电视台的话，我也愿意陪。"教练问海沫："电视台和购物中心，你想去哪里？"海沫毫不犹豫地回答说："购物中心。"

去购物中心的路上，我笑嘻嘻地对教练说："如果说去电视台是打发时间的话，去购物就是享受人生乐趣了。"他回答说："那倒也是。"

电器商店在四楼。我们去乘电梯,梯口已经站着十几个人。电梯来了,海沫第一个走进去,我跟教练想进去的时候,刚好一对年轻夫妇推着婴儿车过来,于是我们让婴儿车先进去。没想到两侧的人跟着婴儿车一拥而进,等我跟教练想进电梯的时候,人已经满员了。电梯门关上后,教练的脸色一下子变得很苍白,他神情慌张地对我说:"你乘电梯上去,我从楼梯上去。"我拦住他说:"海沫是二十多岁的人了,已经不是小孩子了。再说他知道我们要去的是四楼,肯定会在四楼的电梯口等我们。你擅自离开,三个人搞不好真的会走散了。"

我跟教练乘下一班电梯去四楼,一出来就看见海沫直直地站在离电梯不远的地方。我在教练的后腰上轻轻地戳了一下说:"跟你说没事的吧。"他笑了一下,慌慌张张地向海沫奔过去。

我不玩游戏,不懂游戏机有多少种类型。不过海沫的目标很明确,到了卖游戏机的那个角落,他一条直线地走到任天堂的红蓝游戏机前。之后,他又选了几个游戏卡。我记得有一个好像是马力欧卡丁车。也许是想玩游戏吧,从这个时候开始,他就急着要回家。我跟教练听任他的建议,朝公园的停车场走去。教练的手里拎着那台刚买的游戏机,有一次,海沫想自己提游戏机,但是被他拒绝了。我觉得,他在心里是把海沫当成幼儿来看待的，想对他再说一遍海沫不是小孩子了，已经是二十多岁的人了，但是没有说出口。跟他相处了一段时间，我已经知道了他就是这样的一个人，凡是他能做的事，总是尽力而为。那天他搬来我家，跟我去 NITORI 买日用品，也是不让我拿购物袋，结果他一个人前裹后背地拿了五六个袋子。

上车后，我开始觉得饿，后悔在购物中心没找个地方坐下来吃点儿东西。我跟教练商量："逛了一上午，肚子饿了，路过超市的时候，不知道可不可以下车买几个饭团或者面包。午饭就在车里吃吧。再说口也渴了，还想买罐茶。"他说好。送海沫回家前，我们又去了超市。

我挑选了一个鱼子饭团、一个火腿面包、一罐绿茶，放在了手提的购物筐里。去付款处的时候，教练说一共也没有几样东西，用不着两个购物筐。我想他说得对，就把购物筐里的东西移到教练手提的购物筐里。教练把购物筐放到柜台，从裤袋里掏钱包时，海沫突然走上前，将我刚才放进去的饭团、火腿和茶，一一从筐里拣出来，并对收款的中年女人说："这三样是另外付钱。"其实，他从购物筐往外拣我放进去的东西时，我已经明白了他的意思，并将钱准备好了。我走上前付钱，听见身边教练用凄凉的声音跟我说对不起。前面我已经说过了，每次他跟我道歉，我都会感到非常痛苦，所以装作没有听见。

我发现卖糕点的附近有四张桌子，其中的两张已经被其他的客人使用了。我想在那里吃饭的话，可能比在车里吃饭舒服一些，就建议教练和海沫去那里。朝桌子走去的时候，怕海沫听见，教练小声地向我道歉："海沫那么做，真的是太不懂事了。"我小声地问他："海沫刚才做的事，换成平常的人，会那么做吗？"他回答说："不会。"我说："那不就得了。那样的事，平常的人反而不容易做得出来，所以你完全没有必要跟我道歉啊。你再道歉，只会让我觉得海沫更加可怜。"听我这样说，他寻思了几秒，结果还是跟我说了一句对不起。我"啊"了一声，跟着笑起来，他跟着我笑。坐到椅子后，我让教练和海沫先吃饭，说是去卫生间，其实是去停车场望一眼。自从电视机被盗，车子里有东西的时候，我会担心又有什么人来偷走它们，真可以说是心有余悸。因为是大白天，来超市买东西的人很多，教练的车一直在人们的眼皮底下。相信没有人会在光天化日之下作案，我便放下心，返回教练和海沫的身边。

吃饭的时候，三个人都不说话。沉默中我又想起了刚才付钱时的场景。海沫身上的确有一些令我觉得不可思议的东西。虽然更多的时候是觉得他脱离现实世界，不适应现实世界，但在某些时候，在某一个点上，又觉得他十分清醒，几乎不存在通常所说的灰色地带。他对待事情的态度是一分为二的。怎么说呢？我的感觉是，他也有抱住并绝不肯让步的东西。还有，他看起来瘦弱的身体里，似乎潜藏着一股奇异的生命力。就说那次我给他吃消费期限过了很久的元宵吧，普通人的话，至少也会觉得胃不舒服，但他丝毫反应都没有。有时候我会想，他抱着不肯让步的东西，在某种意义上，跟我身体上的那个空洞有相通的地方。只可惜我不清楚属于他的某一个点在哪儿，那抱住不肯让步的东西又是什么。关于海沫让我付钱的事，我之所以不喜欢教练跟我道歉，说到底，除了我真的没有放在心上，还有就是海沫在那么做的时候，我知道他的心里并没有任何恶意，一丝一毫的恶意都没有。他不是有意或者刻意那么做，他只是觉得应该那么做。

海沫已经二十多岁了，我真的希望他的人生有更加复杂而忙乱的东西，比方说恋爱、打工以及兴趣和研究什么的。唉。

十六　没想到它就那么跑掉了

也许我的样子长得像小动物，也许我给人的感觉是非常地爱小动物，连着有两个人送我的礼物都是小动物。

我过生日的前一天，中学时的同学冈田邀请我去他家。一进他的家门，我就看见他的怀里抱着一只大白兔。他对我说："生日快乐。"他的生日跟我是同年同月同日，所以每年我们都会相互庆贺。他没事去动物商店瞎逛，这只大白兔看见他走近的时候，站起来一动不动地盯着他。他对大白兔一见钟情，毫不犹豫地买下来做生日礼物送给我。但我没接受大白兔，跟他说我妈妈不让我在家里养小动物。真正的理由我没说，其实是我当时"误会"兔子这种生物不懂人类的感情，没办法跟我沟通。后来才知道我的这个想法是错的。原来兔子特别胆小，给它安全感以后才会跟人沟通。而所谓的沟通，就是对它不要有任何强迫，要适当地引导。话说后来我去冈田家玩，看见大白兔在被它啃得稀烂的榻榻米上自由地生活着。冈田书架里的书，很多也都是缺边少角的。冈田告诉我，外出的时候，有电线的插头必须统统从电源上拔下来，因为菜菜子会啃电线。他给大白兔起了一个跟我一样的名字。再后来我去冈田家，大白兔菜菜子不见了。冈田说有一天他带大白兔去公园的草坪上散步，"没想到它就那么跑掉了"。我不由地想，如果生日那天我把大白兔接受下来，也许它就不会丢失了。它不丢失的话，也许我后来就不会买那只小狗了。

也许是教练觉得我帮他和海沫做了点儿事，想对我表示一下心意吧。一天，他从学校回来的时候，手里捧着一个不大的玻璃水缸，里面有两只刚出生不久的绿色小乌龟，说是送给我的礼物。再一次收到动物令我非常吃惊，但教练送给我的礼物是不能拒绝的。晚上，我上网查阅有关饲养乌龟的知识，了解到乌龟小的时候，水缸里的水不能放得太多，中间要放一块比乌龟大的石头方便乌龟喘气和晒太阳。因为天很黑了，我想白天的时候再去公园捡石头，还急中生智地找来两只装蘸酱的小碗，倒扣着放在缸底的碎石上。结果真是令我大吃一惊。第二天早上，水缸里的两只小乌龟不翼而飞。我找遍水缸，发现它们分别死在蘸酱的小碗里。也许它们本来是想找一个有安全感的地方,所以从水缸底的碎石中钻到黑洞洞的碗里,没想到里面缺少氧气,而碗的面积又小,分量也重,所以没有办法钻出来了。我想起冈田说大白兔的话,对教练说:"没想到小乌龟就这么憋死了。"

平时的我,连一只蚂蚁都不忍心踩死,却因为"误会"导致一只大白兔丢失,又因为一番"好意"而害死了两只小乌龟。一连好几天,从学校回家后,没事做的时候,我就会看着水缸发呆。直到有一天,教练突然对我说,这个月学校分奖金,他拿到了二十五万,想给我们的家里添置点东西。他问我:"你想要空气清净器呢?还是想要一只小狗呢?"我想都没想,马上回答说:"我想要小狗。"

周末,教练开车带着我跑宠物店。从我家到池袋的路上,一共看了十几家,摧枯拉朽似的。后来,我们在池袋附近看到有一家只卖小狗的宠物店,其实只有两只小狗,都是德国原产的迷你腊肠。一只是咖啡色的,一只是黑色的,黑色的骑在咖啡色的身上。店主问我想不想抱抱它们。我说想。店主拿来酒精消毒液让我消毒手指。犹豫抱哪一只的时候,那只咖啡色的小狗将两只前爪搭在橱窗的玻璃上,直立着两只后爪,目不转睛地看着我。我指定抱这只咖啡色的小狗,于是店主将它从橱窗里抓出来递给我。我把它贴在胸口,它开始用舌头舔我的嘴巴和面颊。我的心痒痒的，不知道什么时候才应该放下它。不知不觉间，店主拿来了一份关于它的档案资料，对我说："这只小狗可是纯种的德国狗。父母是住在日本的德国人家里的爱犬。"店主的意思很明显，他是在告诉我：这只小狗，不是那种专门繁殖狗的地方大批量交配出来的，知根知底。其实我根本也没在乎小狗是怎么生出来的，是它的眼神，令我产生了一种类似"母爱"的感觉，我还是第一次有这样的感觉。我看教练，意思就是希望他做决定。他还是问我感觉怎么样。我说："就买这只小狗吧。"店主好像在等我说这句话似的，立刻告诉教练，这只小狗的价格为二十五万元。

教练跟店主去柜台交钱，我抱着小狗，想给它起一个好听又可爱的名字。不久，教练跟在店主的身后回来了。店主的手里拎着一个不大的纸箱，四壁被尖物扎了很多圆孔，我想是用来透气的。我依依不舍地把小狗装到纸箱里。店主将纸箱的顶部封上。我怀抱着纸箱，跟教练朝外走的时候，听见店主以明快的声音对我们说："有什么不明白的地方，打电话过来咨询好了。至于鉴定书，这个星期保证寄到你们家。"我头也没回地说了声谢谢。

我上网查近年来小公狗名字的人气榜，结果没有一个看中的。夜深人静的时候，听见风吹在窗玻璃上发出"沙沙沙"的声响，忽然觉得给小狗起一个"沙沙沙"的名字也不错。但记不起是在哪本书里看到的了，有一个人不肯给流浪猫起名字，理由是起名字的话，流浪猫就变成宠物了。还记得我看到这句话时，心里有什么东西"嗖"地一下滑过去。以此逻辑，我打算给小狗起一个有纪念意义的名字。我想就叫丘比特吧，因为丘比特是罗马神话中维纳斯的儿子，是小爱神。他的金箭射入人心会产生爱情。

丘比特是我跟教练的第一只小狗，象征我们之间的纽带，有着独特的意义。丘比特被我跟教练百般宠爱不说，两个星期下来，身体长了很多。刚来的时候，它就像个毛茸茸圆乎乎的球，而现在真的跟腊肠很相似了。

丘比特的可爱之处远远超过我的想象。本来我都是去大学听老师讲课，家里有了丘比特以后，能在网上听的课，基本上就不去学校了。我跟妈妈和龙介等朋友们，从未断过这么久的音信。前几天妈妈打电话来，问我不联系的原因时，我坦白地告诉她养了一只小狗，但没有说是教练买的。妈妈也相信我说的，以为真的是冈田送给我的。妈妈没有反对我养小狗，也许她长期不在我的身边，有一只小狗陪伴我的话，对她来说也是个安慰，至少我不会太寂寞。不过，这样子说谎，令我觉得对不起妈妈。跟教练合住的事，我想还是尽早地向妈妈坦白比较好。我问妈妈什么时候回东京,她说是新年的前后。到新年没剩下多少日子了,我想那就年底再跟妈妈坦白罢。

我终于用 Line 给龙介发了一封短信,告诉他我养了一只小狗。他很快回话,说没想到我这么久不联系他是因为小狗,还以为原因在教练那里呢。不知为什么,他就是确信我跟教练已经到了有"关系"的那个地步。我懒得跟他解释,解释了他也不会相信。说真的,虽然我跟教练生活在一起了,但是到有"关系"的那一步,似乎还没有水到渠成。龙介至今还是没有正儿八经地谈恋爱。他还是原来那个想法,约会不过就是用"打炮"来打发无聊的时间和人生,而"打炮"纯属于个人的爱好和消遣。他跟我坦白过,那些跟他约会过的人,他跟他们基本上只发生一次"关系",最多也不过加一次"关系"。他说爱首先是一件很麻烦的事,而像他维系的这种"关系",至少不会伤害到对方。他还说人与人相爱,未见得百分之百都是好事。

我没有办法站在龙介的立场上思考问题。对于他说的话,我似乎是明白的,但又不太明白。可惜的是,无论如何我都做不到他那个样子。时代发展到今日,像涩谷区,已经开始施行新的政策,允许 MtX 以及 FtX 办理结婚登记了。还有,年轻人之间开始时髦的周末婚和分居婚了。所谓周末婚,就是夫妻两个人只有周末才在一起生活。分居婚就是夫妻两个人想在一起的时候就聚一下。我真心希望龙介可以找一个人好好地去爱。这个龙介,他到底在寻觅什么呢?

十七　真想跟你来一次呢

十一月下旬，有一个节日是在周二，教练说周一请一天假，加上周六和周日的话，一共有四天连休，可以去哪里旅游三天。他还说这次不带海沫去，找一家小猫小狗可以住宿的旅馆，带着丘比特去。我自然是高兴的，但觉得有点儿对不住海沫。问他海沫的情况怎么样，是否去海沫的新家看过，垃圾要不要紧。他说去过两次，而且三天两头地打电话给海沫，一再申明要按规定丢垃圾，海沫也答应了，所以不会有什么问题。

出发的前日，我特地去宠物商店给丘比特买了一个宠物推车。我们要去的旅馆是教练预约的，有一个很好听的名字，叫"治愈乡茶目三郎"。我也是看网上的介绍才知道，茶目三郎是旅馆的主人最早养的一只小公狗的名字。虽然小狗早已经死了，但是旅馆的主人和家人，至今仍无法忘记它，因为从它那里得到了数不清的欢乐和治愈。旅馆的名字是主人为了纪念茶目三郎而起的。

旅馆面临伊豆海，背坐伊豆高原。网上关于旅馆的广告语很吸引人："本馆的食材都是当地的山珍海味。天气晴朗的日子，你可以在被阳光笼罩着的宽广的餐厅里享用美食，窗外是小鸟清脆的啼鸣。馆外有一个三百平米大的爱犬游乐场，分为温泉大浴场和爱犬专用浴场。提前预约的话，爱犬专用浴场可以二十四小时包用。为了避免地板光滑导致爱犬摔跤，所有的客房都铺着防滑瓷砖。除了专用的温泉设施，馆内的用水全部都是创生水。使用创生水，可以感受身心的净化，心境自然变得平和安稳。"

旅馆的价格吓了我一跳，一个人一晚上要三万三千元。妈妈也喜欢温泉，经常带我去有温泉的地方旅游，住过最贵的旅馆也没有超过两万元。

还没有去旅馆，我已经很兴奋了。

因为是连休，车子上了高速公路后开始堵得一塌糊涂。我们在服务区休息了几次，要么去卫生间，要么买一点餐饮。从出发到旅馆，路上一共用了六个多小时。

旅馆给我的感觉跟网上介绍的一样，到处都是自然的风光和气息。空气非常新鲜，似乎与现实世界隔绝开了。在这个世界里，无论是人还是动物，都在悠然地打发着眼前的时光。待了还不到半个小时，我竟然产生了不想回东京，一直在这里闲散下去的心情。

连丘比特也感到了环境的新鲜，进房间后，兴奋得跟小孩子似的到处乱跑，还忍不住在窗边的瓷砖上撒了一泡尿。好在狗粪袋、消臭剂和消毒液这些东西房间里都有备份。喝了一杯热茶，我就迫不及待地催促教练去爱犬游乐场。

刚解下系在丘比特脖子上的绳子，它就箭一般地冲出去，先是围着栅栏跑了两圈，然后到一只白色的狮子狗那里，用鼻子闻狮子狗的屁股，狮子狗也用鼻子闻丘比特的屁股，两只小狗不断地在原地转圈子。狮子狗的主人是个胖胖的中年女人，看到丘比特跟狮子狗亲昵的样子，跟我们一起笑了起来。我问狮子狗叫什么名字，是公的还是母的。她说狮子狗叫桃子，是"女孩"。我忍不住地"啊"了一声，从此以后，再跟什么人说小猫小狗的时候，我也不说是公是母了，而是学女人说"男孩"或者"女孩"。女人开玩笑地说，既然丘比特和桃子如此喜爱彼此，她愿意让桃子做丘比特的恋人。我马上说好。好长一段时间，我们就是笑着注视两只纠缠在一起的小狗。

在东京生活的狗，很难有这样一个可以自由自在、奔放游玩的场所，所以我跟教练在爱犬游乐场待了很久，直到丘比特看上去是真的玩累了。

　　最开心的是小狗可以跟我们在同一个饭桌上共用晚餐。丘比特坐在特地为小狗准备的竹椅上，我坐在旁边的木椅上。因为事先跟旅馆打过招呼，先喂丘比特吃饭，所以食堂的服务员最先端来的是小狗的套餐。餐具是船型白瓷盘，分两个格，一个格子里盛的是肉丸子，另一个格子里盛的是各种各样的蔬菜。蔬菜是煮过的，红绿搭配，很好看，连我也忍不住想尝尝。我捡了一小块胡萝卜放到嘴里，味道清淡，很适合小狗。不久，丘比特将套餐一扫而光。接下来，服务员端来了我跟教练的套餐，有仙台牛肉、金目鲷鱼、本地鸡当日凌晨刚下的蛋、干贝等海鲜火锅以及色拉和甜点。今天的晚餐很奢侈，味道好得不得了，加上折腾了大半天，又累又饿，我跟教练将所有的食物吃得一干二净。饭后我们没有回房间，而是直接从食堂去了爱犬专用浴场。

　　我用白色的大浴巾从腋下围住下半身，抱着丘比特出了更衣室，看见教练将同样的浴巾围在腰上，已经在浴场的门口等我们了。爱犬专用浴场其实是单间式的小浴场，浴场里有两个紧挨在一起的浴池，大的是人用的，小的是狗用的。我们先把丘比特抱到小狗专用的浴池里，水浸湿了它的毛，使它看上去瘦了一圈，可怜兮兮的。水温刚刚好，但它好像并不喜欢待在热水里，不断地抖动全身，每次抖动都会将身上的水珠溅到我们身上，引来一阵阵欢笑。我给它洗了身体，教练用毛巾将它身上的水擦干。我们把它放在浴池外，让它自由行动。过了没多久，它就趴在地上的一块木板上睡着了。

我先进浴池，感觉比丘比特那个浴池里的水温要高出好几度。教练跟着我下了水，直接坐到我身边，用一只手从后边抱住了我的腰。不久，他跟我商量说："我们特地来温泉洗澡，不如拿掉毛巾，爽爽快快地泡一下吧。"我想他说得对，就解下了毛巾，将身体完全浸到水里面。他照着我的样子做。也许跟光着身体有关，我跟教练之间保持了一定的距离。在水里泡了一会儿，觉得身心都舒展了的时候，他问我热不热。我说热。他说不如我们先回房间休息一下，如果还想再洗的话，随时都可以再来。我说好。他背着我站起来，像进来时那样将浴巾围在腰上，一个人先离开了浴场。

回到房间，丘比特倒头又睡，看上去"狗事不省"。我去茶几前坐下。教练去冰箱那里拿来两罐啤酒，递一罐给我说："还是温泉管事，泡一下而已，细胞里的疲劳感全部都烟消云散了。你试试看，泡完温泉后的啤酒是不是世界上最好喝的啤酒。"跟他一样，我也没用杯子，直接就着易拉罐喝了一口啤酒，顿时感到麦芽的香味在舌尖和上颚回荡。

继上一次在家里喝啤酒，过了几天而已，我的感觉却好像是过了好久好久。我说："前几次喝啤酒，总觉得口里都是苦味，今天喝啤酒，竟然觉得满口都是温煦的香，连神经都放松了。"教练说："每次到温泉，泡完后喝一罐啤酒，觉得所谓快乐的意义，无非就是这种模模糊糊的淡薄罢了。"我问他："你说的是清心寡欲吧。"他说："就算是吧。不过，自结婚以来，我还是第一次带太太以外的女人到温泉呢。"我"嗯"了一声。他又说："菜菜子，今天我很想要你。我想你没有体验过身体上的那种事吧，真想跟你来一次呢。"

我喝了一口啤酒，眼睛盯着熟睡的丘比特，不知该怎样回答教练的话。他一口气喝干罐里的啤酒，将两条腿伸直，对我说："不是我吹牛，如果你跟我体验一次的话，就会知道身体所感知的快乐是什么了。"我抬起头问他："是什么？"他想了想说："你会经常想起那一刻，想起来的时候，会忍不住地跑来恳求我再来一次。"我忍不住哈哈大笑。他又从冰箱里取了一罐啤酒，一边用手指拉啤酒盖上的环，一边对我说："真的，我们试试吧。今天不试试，以后不知道什么时候才有合适的机会了。你懂我的意思吧，第一次做这种事，需要精神和心理两个方面的准备。"

我想起"水到渠成"四个字，点了点头。天已经非常黑了，四周一片寂静，窗外的天空泛着无数的银星。教练问我："你点头就是同意了？"我"嗯"了一声。他钻到被子里，招呼我过去。我钻进他的被子，摊开手脚地躺下来，决心把心灵和肉体一起交给他。他悄悄地在我的耳边说了一句对不起，开始用手剥我穿着的和服睡衣。我的身体赤裸裸的了，我感到羞涩，因为我的胸部小得就跟不存在似的。他用嘴唇吻我的嘴唇，并以愉快的方式把我不曾了解过的性行为都让我体验了。

十八　而且你太太活蹦乱跳的

　　第二天早上，我跟教练又去泡了一次温泉。这一次，我们去的是旅馆的温泉大浴场，所以没有带丘比特去。饭后，我们带着丘比特去了伊豆仙人掌公园。我一向不喜欢植物，因为植物会招虫子，而在这个世界上，我最害怕的东西就是虫子。选择伊豆仙人掌公园，一是因为那里允许小狗入园，另一个方面，是我想在空气好的地方散散步，但没想到被公园里的植物和动物惊呆了。怎么说呢，这个死火山完全超乎了我的想象，由一千五百多种仙人掌、多肉等热带植物构成，可以说是一个奇特的综合体。此外还有一百四十种来自于墨西哥、马达加斯加等国家的小动物，有水豚、孔雀、树懒、袋鼠、松鼠猴和火焰鸟等。水豚泡温泉的地方围聚的观光客最多，我也迟迟舍不得离开。不知道其他人是否跟我一样，不过就是想看水豚泡温泉时那副舒服极了的样子。除了黑猩猩，其他的动物都是散养在园里的，已经习惯了跟人待在一起。跟人一起拍照的时候，有的动物甚至会模仿人表现出微笑的神情。人与自然、人与动物，在这个公园里呈现了我一直憧憬的和谐与幸福感，很治愈。我有点儿后悔没有把海沫也带来。

去公园的时候，我们用推车载着丘比特，到了公园后便将它放出来，让它跟着我们走。偶尔会遇到地势高的土坡，我就把它抱在怀里。跟小动物亲密接触的时候，就让教练抱着它。

在公园里转悠了大约两个半小时。出了公园，因为在附近没有找到可以跟小狗一起吃饭的餐厅，只好赶回旅馆。下午，我跟教练把丘比特托付给旅馆的职员帮忙照看，无目的地出去瞎走。我们走了好几条街。伊豆的街道安静舒适，空气比东京清新多了，我问他注意到了没有，他说注意到了。伊豆海阔天空、物产丰富，春季有樱，夏季有海，秋天有枫，冬季是避寒圣地，真想就这么留下来不回东京了。我问他有没有类似的感受，他说以后可以考虑在伊豆买一个度假别墅。

晚饭后，我跟教练带丘比特又去了爱犬游乐场。桃子不在。我想要么是桃子没有来，要么就是桃子已经跟主人离开旅馆了。之后我跟教练又去了一次温泉大浴场，回房间后一起喝了两罐啤酒。睡觉前，教练跟我又来了一次。之前他教给我的几种游戏，我已经很熟练了。我们在床上滚了好长时间。我想睡觉，对他说晚安的时候，他突然问我愿意不愿意跟他在一起。我问他："你说的在一起是结婚吗？"他说是。他在我赤身裸体的时候向我求婚。我怔了一会儿，回答说："我当然想跟你结婚，名正言顺地跟你在一起，但现实是你有太太，而且你太太活蹦乱跳的。"他对我说："我太太已经提出离婚了。"我说："啊。什么时候的事？起因是什么呢？"他说："前几天的事。结果是由很多问题慢慢积累起来的。要说问题的话，我觉得都摆在眼前了。一共就三个人，海沫坚决不肯接受他妈妈，因为讨厌妈妈就搬出了那个家。而我呢，整个经过你都看到了，结果是为了海沫也搬出了那个家。至于海沫的妈妈呢，现在对宗教持有热切的关心，全部的心思都转移到宗教上了。事实上，从某种意义上来说的话，那个家已经不存在了。"我情不自禁地叹了一口气。他又说："对于海沫的妈妈来说，那个家已经跟一个空房子差不多了。"我不由得生出一丝悲戚。他感叹地说："既然海沫的妈妈想离婚，那就让她如愿以偿好了。"我不说话。不久他突然对我说："你真是个傻瓜。"我问："傻在哪里？"他回答说："我太太同意我搬到你家里，明摆着就是觉悟到离婚的啊。"我怅怅地看着天井。他用手心抚摸着我的头发。

　　即使过了二十岁，实际上我还是一个大学生，结婚的事必须要妈妈同意才行。而且，我是这样想的，即使妈妈同意我跟教练结婚，估计在学期间也不会允许我们登记的。

我对教练说："我愿意跟你结婚，但说到办理登记方面的事，估计要在我大学毕业以后了，还需要等两年。"他说登记只是形式上的东西，只要我愿意跟他在一起，就这样"一起生活"好了。天啊，他竟然说我们可以"一起生活"这句话。我的心都跳到嗓子眼了，类似燃烧的感觉在胸中一点一点地强烈起来。"一起生活"跟"合住"的意义完全不同，"一起生活"要求双方在精神和肉体上都拥有默契和亲密的关系，也就是同甘苦共患难。

因为睡不着，我跟教练干脆谈起将来的计划。他说他想出钱供我读完大学，不必要再劳累妈妈了。我已经很感动。他又说希望妈妈早点儿回东京，这样就可以跟我一起照顾妈妈了。我差一点就哭出来，忍不住将嘴唇凑到他的嘴巴上亲了一下。我对他说谢谢。后来我们也谈到了海沫。关于海沫，他形容海沫现在跟小狗似的，迷了路，到回家为止也许还会乱跑一阵。但他一定会把海沫领回家的。他还说他已经考虑过我的建议了，打算尽早让海沫去心疗内科看医生。说到海沫的病，我们沉默了好半天。我想他的胸口深处一定有好多东西在碰撞，他的心也在痛。另一方面，我觉得世界是荒诞的，如果不是因为海沫生病，我现在不可能跟一直暗自憧憬的教练在一起。人生真的是充满了偶然性，令人无法预测，无法单纯地判断是不是合乎情理。

回东京的那天，因为是上午十点结账，我们还能在伊豆玩一两个地方。教练问我想去哪里，我随手从柜台上拿了一张宣传单，是介绍神衹大社的。问他是否去过，他说没去过。看地址，位于一百三十五号公路，正好是回东京的顺道。看介绍，神衹大社是一家很大的寺社，以能量磁场地有名，说得通俗点，就是以开运而闻名。寺内还允许小狗进去，而且允许小狗跟人一样进行参拜。寺内铺有六十个石块，上面刻有象形文字，脚踏这些石块会带来好运，并且每块石头都有其各自不同的寓意。我们决定去神衹大社。

我们来的不是时候。如果是春天的话，就可以欣赏到八重樱和吉野樱了。虽然觉得遗憾，但说神衹大社是开运景点倒也名不虚传，看到神社大殿的那个瞬间，我立刻感受到一股奇妙的力量，好像跟宇宙融合在一起了。接着映入眼帘的是巨大的山桃树、黄金竹和无际的海面，它们都给我一股奇妙的力量。

连休的日子，到哪里都是人山人海的。我牵着丘比特，让它跟我和教练一起踏遍了六十块石头。令我深感意外的是，寺内除了有小猫小狗专用的水场，还有面向小动物的绘马，每一个都绘制得十分可爱。难得世间还有这样一个悲悯动物的地方，我的心隐隐地痛起来。但教练认为，小动物对寺社来说是商业，对寺社的繁盛有特殊的意义。

教练要去参拜，我说我也去，而且想让丘比特也一起参拜。他想知道我请什么愿。我担心愿望说出来会失去灵验，所以不告诉他，让他凭自己的直觉去猜想。

参拜完了，我提议买几个绘马。教练说不能使用"买"这个说法，要说"献纳"。我想了想，虽然付钱和献纳其实是同一个意思，但意义的确不同。我去求了三个绘马，其中的一个是小动物绘马。教练一身不响地站在我旁边。因为不想他看到我写什么，我就让他看着丘比特，一个人跑到那棵山桃树下。

我在第一块绘马上写道：愿我永远跟教练生活在一起。在第二块绘马上写道：愿迷路的海沫早点回家。在小动物用的绘马上写道：愿丘比特永远健康开心。

我把三个绘马挂到指定的地方，沉静地看了几个来回，再次觉得心很安堵。回到教练那里，我笑着说已经将绘马"献纳"了。他说我是一个怪人，祈个愿而已，却搞得如此神神道道。我笑而不答。关于我所请的愿，我想他不至于一点儿都猜不到。不仅是我一个人，对世间所有的人来说，愿望所及的地方，不就身边的几个亲人吗？说到丘比特，虽然它只是一只小狗，但我已经把它视为家族的一个成员了。

中午我们吃的是随身携带的饭团。一边吃，我一边忍不住感叹道："治愈乡茶目三郎是一家真正上等的旅馆，根本不要什么派头。每次吃剩下的米饭，餐厅的人都会做成饭团让我们带走。虽然是很小的事情，但可以看出旅馆是很用心的。"教练说他也觉得格外感动。不过是普通的饭团，我们却吃得津津有味。

十九　每一个人都要自觉不自觉地接受人生的考验

我接到了龙介的短信，就一句话：我们每一个人都要自觉不自觉地接受人生的考验。

我了解龙介，他绝对不是一个乱发神经、乱拽的人，肯定是出现了什么问题，而且问题跟海沫有关。我能想到的第一个问题就是海沫又没有丢垃圾，房间变成了垃圾场。我马上给龙介打电话，问他是不是海沫出事了。他说是。我问是不是垃圾的问题。他说垃圾只是其中的一个问题，至于其他的问题，不太好在电话里说，最好是我去他那里亲眼见证一下。后天没有我选修的课程，用不着去大学，我打算后天上午就过去。但是他反对我上午去，说只有天黑了以后才能见证他想让我了解的问题。他还说："尽可能快一点过来。最好是今天晚上就过来。"他说得这么严重，我就决定晚上跑过去看一看。但他又嘱咐我先不要跟"海沫的爸爸"说这件事。

我是乘晚上七点钟的电车去龙介那里的。跟教练一起吃晚饭时,我说龙介有点小事要我帮忙,需要过去一下,时间上不会待多久。还说不知道海沫那里有没有什么事,有的话,我可以顺便给办了。他说没事。送我出门的时候,他对我说:"路上小心啊。记得早一点儿回来。"我说好。

我感到一丝焦虑,因为这次租的房子是龙介介绍的,我不想给龙介添什么麻烦。

出了白山站,我差不多是跑着去龙介家的。我还是第一次到龙介的家里来。他租的也是一室一厅。房间的大小、结构也跟海沫租的房间一模一样。也许房间里的摆设太简洁了,给我的错觉是他的房间比海沫的房间大一点儿。房间里没有床,地板上铺着地毯,被褥整齐地叠放在地毯上,墙边有一台三十二寸的电视。客厅里有冰箱、一张饭桌和两个椅子,桌子上放着一杯喝了一半的咖啡。打过招呼,我以为他马上会带我去"见证"他说的那个问题,但他说时间早了一点儿,还需要再等一会儿。他要我坐下来喝点儿什么,但我急不可待,没有心情坐下来跟他聊天。我站在房间的中央,要他先告诉我到底发生了什么事。他喝了一口咖啡,沉默地注视了我一会儿说:"你先平静一下,这件事不太好用语言来传达。再说我也描述不好,因为我也是第一次看到这样的光景,还处在困惑不解的阶段。"他这样说,我就越发觉得不安了。这个时候,我听见了一声猫叫,就问他:"养猫了吗?"于是他去厅里抱来了一只猫让我看。他对我说:"这只猫的名字叫冰激凌,是我从动物爱护中心领养的。本来想养只公猫,但结果领养了一只母猫。我最早看上的那只小公猫被人先领养了。不过,养了以后我觉得母猫也蛮可爱的。"我不说话。也许他看出我没有心情跟他闲聊,把冰激凌放下,对我说:"好吧,时间也差不多了,我这就带你去见证。"

我跟着龙介出门,看我朝电梯的方向走,他叫住我,让我跟着他走楼梯。在楼梯上,他站住,一脸严肃地对我说:"过一会儿到了二楼,无论你看到了什么,吃惊可以,但千万不要害怕。二楼住的几个年轻人,为了对身体好,平时都是利用楼梯的,但最近全员改乘电梯了。也许就是因为害怕,也许是怕惹麻烦。总之现在没有人利用楼梯了。"我说好,跟着他下楼,然后在二楼的楼梯口站住。他将食指竖在嘴巴中央,意思就是让我保持安静,不要说话。我屏住呼吸,但心在嗓子眼那里跳,喘气有点儿费劲。

我看见海沫站在二楼的过道上,面朝着墙壁,嘴里发出一些没有意义的声音。不知为什么,他的背影和声调给我一种"在迫切诉说"的感觉。不久，他突然抬高了声音，连声地喊着："要杀！要杀！要杀……"然后他开始移动。我跟龙介静静地跟在他的身后。他走到公寓外，在一根电线杆的下面站住，面对着电线杆，还是接续地喊着："要杀！要杀！要杀……"他的喊叫声似决堤的水，一直延续下去。几个过路的人停下来看他，但很快就离开了。

一种恐怖劈头盖脸地砸向我，身体似乎被电流击中，开始发抖。看见我在发抖，龙介搂住我的肩，小声地说："别怕。"我小声地问他："他想杀的是什么呢？"他说："这个问题，除非可以进入海沫的身体，用他的脑子思考。"

海沫异常的言行中有一种瘆人的东西。过了一会儿，我朝海沫走过去，但被龙介拦住了。他问我："你想干什么？"我说："我过去跟海沫打个招呼。我想把他领回家。"龙介说："你疯了。他正处在兴奋的状态中。这时候你过去打招呼，也太危险了吧。"我问他："那怎么办？"他说："不然你用手机偷偷地把海沫的样子拍下来，回家后可以给他爸爸看。以后也许还要给医生看。"我摇头说："我不想这么做。"他说："不想做就不做。但海沫的这种状态还会持续一段时间，我觉得你也没有必要看到最后。"我用舌头舔了一下干燥的嘴唇说："不！我就是要等到海沫回家。"

我跟龙介隔着饭桌相对而坐，因为口渴得厉害，让他给我一杯饮料。他问我想喝什么。我说随便。于是他给了我一杯冰水，说是让我先"压压惊"。我一口气喝了半杯冰水。他询问似的看着我说："关于海沫，我其实是一个局外人，所以非常犹豫要不要告诉你刚刚你自己看到的那个情景。但是，万一发生了什么意外，那时候我就会觉得后悔，而后悔就来不及挽救了。所以，我想你能够理解我。"我说："这么麻烦的事，真的很感谢你。"他沉默了一会儿，对我说："海沫需要立刻去医院看医生，及时治疗。"我不说话。他说："当然，这是海沫的爸爸考虑并决定的事。也不是要你在这里给我答案。不过，坦率地说，以海沫现在的状态来看，当务之急还是尽早治疗。"我说："我会把这个当务之急告诉给海沫的爸爸。"他说："这就好。"

有一段时间我不说话，心里老是琢磨海沫给我的感觉。他的身体里似乎潜伏着另外一个人的魂，就像舒曼的音乐给人的感觉：内部的妄想和外部的现实混同为一体，无法剥离。

龙介说："从医学的角度上说，海沫肯定是产生了幻听和幻觉，所以他才会跟什么人说话。"他说得单刀直入，我觉得没话可说了。过了一会儿，他对我说："菜菜子，我们是好朋友，所以想跟你实话实说。我觉得，海沫的病已经非常非常严重了。你知道幻听幻觉意味着什么吗？意味着海沫的精神已经分裂了。精神分裂症！"这一次，他把答案说出来了。我闭上眼睛，用两只手覆盖住脸，绝望的泪水顺着手指的缝隙流出来。他递给我一张手巾，对我说："如果我成了医生，也许会给你一个圆满的解释，但现在我还不具备这样的能力。只能说我理解你现在的心情。不过，一般的人很难理解并帮助海沫的，只能带他去专家那里接受治疗了。"

我告诉龙介，说教练已经打算带海沫去心疗内科做心理咨询了。他说海沫到了这种程度，心理咨询怕是不管事了，要去精神病院才行。他还说，搞不好的话，也许精神科的医生会让海沫住精神病院。他形容精神病院是一个"有栅栏没有自由的地方"。他说虽然身边的人会觉得海沫住在那种地方很可怜，但治疗才是最关键的事。他说得对，事到如此，我想教练必须面对并接受现实了。虽然龙介现在还不是正式的医生，但正在庆应大学的医学部学习，他这样说的话，我相信海沫真的病得很严重了，只是我的心一阵阵作痛。痛苦令我什么话都说不出来了。他重复刚才说过的话："海沫的事，当然要由他爸爸处理解决，我之所以先告诉你，一是不希望他爸爸知道我看见海沫的那个样子。另一个是我担心他爸爸突然看见海沫那样会受不了。你都说海沫的样子瘆人了，想想他爸爸的感受吧。唉，天底下，做父母的是最可怜的了。"

我困惑地问龙介："海沫虽然不太正常，但前一阵子还能跟我们一起逛商店，一起去公园，一起去饭店。为什么会一下子就变成现在的样子呢？"他解释说："现在的医学还无法解释原因在哪里，但有一种说法，是由传导大脑神经的物质平衡出现崩溃而导致的混乱。此外遗传、环境因子等，也可能是几个危险因素重叠而造成的。反正不会是一个因素。"对他的解释，我只能理解一半。以我的想象，就是海沫脑子里跟现实世界的那个挂钩脱掉了。

时候不早了，我站起来跟龙介说再见。他对我说："关于海沫的事，用什么方式告诉他爸爸，就请你自便吧。归根结底还是那句话，让他爸爸尽快带他去精神病院做治疗。"我说好。他陪着我下楼。外面的路灯很亮。街上有几个闲散的人影，根本看不到海沫刚才存在过的痕迹。公寓旁边一户建的院墙上放着一个花盆，花盆里开着三色堇，看起来像人面，像蝴蝶，也像猫脸。我叫了一声他的名字，严肃地看着他说："大学毕业后，我是打算跟教练结婚的。他太太那边已经提出离婚了。"他皱了皱眉头，但没有表示什么。我知道他的心里在想什么，所以尽可能不去考虑那个问题。我想跟他说再见的时候，他看见我的背包上系了一个护身符，于是用奇怪的神情问我是什么符。我说是在伊豆的神衹大社求的健康符。他想知道我是什么时候求的符。我告诉他是昨天早上。他看起来非常吃惊。

二十 我能为他做的事情就是亲亲他

我无法用语言说清海沫给我的感觉和冲击。他似乎脱离了现实世界,在跟非现实世界里的什么人沟通。他似乎是在清醒和混乱之间来来往往。他似乎根本就不受时空的支配。反正我就是说不清楚。

教练说我看上去恍恍惚惚的,并问我在想什么。沉吟片刻,我狠下心对他说:"在伊豆的时候,我们曾经聊起海沫的事,你说他像一只迷了路的小狗,但你肯定会把他领回家的。你还记得你说过的话吗?"他说他记得。我说:"那时候,我跟你的想法一样,相信你会把他领回家。"他"嗯"了一声。我说:"我觉得,现在已经到了你领他回家的时候了。"他不解地看着我。我说:"昨天我不是去了龙介那里吗?"他"嗯"了一声。停顿了几秒钟,我接着说:"我本来是去帮他一个小忙的,但在回家的时候看见了海沫。你知道的,海沫跟龙介住在同一个公寓里。"他又"嗯"了一声。我跟教练坐在饭桌前,而我本来是坐在他的对面的,这时候我换了个位子,坐到他旁边的椅子上。我将腿挨着他的腿,然后握住他放在饭桌上的手说:"海沫已经不仅仅是迷路了。怎么说好呢?已经去了另外一个我们看不见也理解不了的世界了。"他没说什么,眼睛看着桌面,似乎在想象我话里的意思。我说:"我说给你听,但是你不要惊讶,更不要难过,因为我们肯定能够找到办法让海沫回家的。"他说好。于是我将昨天在龙介那里看到的情形描述了一遍。他不说话,沉默了很长时间,而我也不想去打扰他。在这个世界上,如果说我是妈妈的最爱,那么海沫无疑也是他的最爱。正如龙介所担心的,海沫现在的样子也许会令他承受不住。

不知是从什么时候开始的,外边竟然下起雨来了。我不时地瞥一眼窗外,感觉雨没有停下来的意思,于是去冰箱拿了一罐啤酒给他。我对他说:"后天就是周末了,不然我们带海沫去什么地方玩,你可以借机观察一下他。"想起龙介说的只有晚上才能"见证"的话,我补充说:"也许时间安排在晚上比较好。说到晚上,去东京塔也许比较好。东京塔的附近还有八芳园,从东京塔走到八芳园花不了多长时间。"他想了想说:"干脆哪里也不去,让他到这里来吃饭,吃完饭就去附近的那个公园散散步。如果真的像你说得那么厉害，我想天黑后的公园比较好。过了八点，公园里几乎没有人影了。"我说好。

给教练的啤酒他根本没怎么喝，只是将啤酒罐一直握在手里。我去冰箱拿了罐啤酒陪他喝。喝完酒，打算睡觉的时候，已经是下半夜了。他长长地叹了口气对我说："菜菜子，真对不起，我觉得非常非常混乱。"我点了点头。生活在短时间内发生了很多变化，他是有点儿不知所措了。他对我说："我真的不敢相信海沫已经病到这个程度了。"我劝他："你不要老是想这个问题了。对我们来说，现在最重要的是向前看、向前走。我想留给我们唯一可走的路就是去精神病院看医生。"我先钻进被子，他躺到我身边的时候，我亲了亲他。此时此刻，我想我能为他做的事情就是亲亲他。

上午去超市采购。因为海沫喜欢吃肉，而牛排好吃，做起来也简单，所以我跟教练选了三块牛排和一棵生菜、一根胡萝卜。想起上次给海沫吃过了消费期限的元宵，我又追加了一盒用年糕做的甜丸子串。教练三点钟从家里出发去接海沫，五点钟回来了。我有点儿吃惊，因为海沫跟着教练进门的时候，从外表上看起来，跟上一次来的样子几乎没什么不同，只是头发有一点儿乱，蓬蓬地站立着。我甚至怀疑那天跟龙介一起看到的情景是不是一场噩梦。但是，过了没多久，我还是发现了两个很大的问题。首先是吃饭前,他去洗手间洗手,足足洗了有五分钟,如果不是教练去叫他,看样子他会一直洗下去。其次是吃完了饭,他去卫生间,回来的时候,裤裆那里夹了一小块大便。怕教练尴尬,我装作没看见,但教练很快发现了,赶紧带着他去了卫生间。

　　吃饭的时候,三份牛排分别盛在三个盘子里。因为是一人一个盘子,所以海沫一个人吃独食的事并没有发生。不过,从头到尾他一句话都没有说过,而我跟教练也没有特地找话跟他说。我发现,人在沉默中会清楚地感到时间的流逝。

　　天黑了以后,教练对海沫说想一起去公园散散步。他竟然没有反对。我感觉他比以往温顺了很多。出家门,穿过一条小街,向右拐就看见公园了。我们走进去,除了我们三个人,一个人影都没有。天气很好,几乎感受不到风,明灿灿的月亮照着公园里的树木和花草。走过树下的时候,脚底下的落叶会发出"咔嚓咔嚓"的声音。一只黑色的猫坐在长椅的下面,看见我们,"飕"地一下跑掉了。大约过了十几分钟,海沫突然开始嘀咕起什么,声音越来越大。又过了一会儿,海沫对着月亮喊起来:"要杀要杀要杀……"教练目瞪口呆。这种情景大约持续了两分钟,海沫突然安静下来。教练不知所措地看着海沫。我想海沫的症状远远地超过了他的想象。从某种意义上说,海沫的病是他的人生中所面临的最困难的一件事。我对他说:"你已经看到了吧。"他说:"嗯,我看到了。"我问他:"你打算什么时候带海沫去精神病院?"他慢慢地吸了一口气,缓缓地吐出来,生硬地嘟囔了两个字:"尽快。"

一直到回家为止,我跟教练都没有说话。海沫也很安静。

我让海沫再进屋坐一会儿,但教练说时间已经不早了,想直接送海沫回公寓。我说好,并嘱咐他顺便看一下海沫房间里的垃圾,如果积攒了很多的话,最好帮忙丢掉。他说好。然后他带着海沫去停车场了。过了很长时间,教练提了两大袋垃圾回来了。我想起今天是周末,回收垃圾的日子最早也要下个周一了。他倒是想得很周全。

洗完澡,教练神情沮丧地坐在沙发上不动。给他啤酒,他说不喝。给他咖啡,他也说不喝。他苦闷的样子使我难受。我本来困得不行,但又陪他坐了一会儿。到了十点,他突然对我说:"菜菜子,有一件事我没有告诉你。其实呢,海沫在出生的时候是双胞胎。另外的那个孩子一出生就走了,没活下来。"我吃了一惊,睡意一下子没有了。我想起第一次去教练家,海沫的妈妈给我看海沫的照片时,曾经告诉过我,她是给孩子想了两个名字的。我感叹地对他说:"难怪海沫的妈妈考虑了两个名字。除了海沫,我记得还有一个是海音。"他没回话,似乎沉浸在冥想中。过了一会儿，他说看海沫跟什么人对话，有一种说不出来的怪异感觉。我对他说："听到海沫有一个去了天国的双胞胎兄弟，连我也觉得不可思议了。"他"嗯"了一声。

我问教练有没有看过江户时代的传奇小说家上田秋成的《雨月物语》。他说学生时代看过，但已经不太记得里面的故事情节了。我说我刚看了村上春树的《海边的卡夫卡》，里面提到这本书的"菊花之约"，写的就是"一心同体"的"灵"的故事。我这样问他："你是否觉得，海沫是在跟那个去了天国的兄弟对话呢？"他回答说："不知道，因为无法想象人死了以后，是不是真的有灵。说到海沫是否在跟兄弟对话这件事，看起来似乎像那么回事儿，又不像那么回事儿。"我说："是啊，的确是半信半疑。"他说："说来说去，我们是搞不清楚的了。只能带海沫去精神病院看医生了。"他终于觉悟到去精神病院的重要性，我也没什么话好说了。他觉得时间不早了，让我早点儿上床休息。他说他还想一个人呆一会儿。

我躺到床上，但根本就睡不着，于是从书架上取来《海边的卡夫卡》，将第二十三章重新读了一遍。放下书，觉得不过瘾，又在网上把《雨月物语》中的"菊花之约"找出来读。故事说的是长部左门跟赤穴宗右卫门两个人，由于性情相投，彼此敬重，于是结为兄弟，并在分手之际约定于来年的重阳节，也就是菊花盛开的时候相见。但赤穴宗右卫门在旅途中不幸被囚在了出云国的富田城，不能如期赴约。富田城距离相约之地播磨国有百里之遥，不赴约的话，又顾虑长部左门如何看他。左思右想，他的脑子里浮现出昔日的一句谚语："人不能日行千里，而魂可至。"于是，为了菊花之约，他竟然不惜拔刀切腹，化成了阴魂与长部左门相见了。到这里，我觉得再也读不下去了。虽然故事不像是真的，但晦暗的启示使我的心里生出无限的惆怅。

客厅里依然鸦雀无声。对于教练来说，现在的生活好像穿着乱麻的衣服，他需要花时间去整理。他要为海沫已经生了的病，为海沫的明天去着想。我将书放回书架，重新上床，闭上了眼睛，静静地等待他钻到被子里来。

二十一 我在信中只写了两个字：加油

海沫住院的那天，本来我是希望教练可以带我一起去的，但是他不同意。我说我可以不进医院，在附近的吃茶店里等他。他还是不肯。反正他就是不希望我跟他一起去精神病院，甚至连精神病院的名字都没有告诉我。我知道，他是想一个人把海沫的事全部肩负起来。既然不能在精神上安慰他，我就想用其他的方法来帮助他。我上网，将与精神病院住院有关的注意事项查了个遍。当然各家医院有各自不同的规定，但我还是归纳出两大共同点。海沫住院的前一天上午，我先去服装店，给海沫买了几条不用系腰带的皮筋裤。下午，我花了几个小时，把海沫的随身物品全部写上了海沫的名字。为了"海沫"两个字可以写得好看一点儿，我买了一支专门用来在布料上写字的笔。写字的时候，我一笔一画，每一画都很用心。我的感觉是，在画跟画之间，因为我倾心注入了某一种愿望，字本身已经有了一种很特殊的意义。专心致志做这件事的时候，我想起自己上幼儿园和小学的时候，穿的衣服和所有携带的物品上，都有妈妈为我写下的名字，于是不由自主地萌生了一种做妈妈的感觉，并为所谓自我奉献的精神陶醉。我小的时候，妈妈为我做这些事，内心一定也是很幸福的吧。

晚上，教练从学校回来，我把买给海沫的新裤子给他，并让他看我在海沫随身携带物品上写下的那些名字。他一边看，一边很满意地点头，然后使劲儿地抱着我来表现他的感谢之情。晚饭也是我做的，很简单，就是面条上面放一些用虾和番薯等炸的天妇罗。天妇罗不是我自己炸的，是在超市里买的现成货。说真的，忙乎了一天，我的肚子饿坏了，狼吞虎咽地把一碗面吃光。问他好不好吃，他回答说好吃，但他的样子看起来似乎没什么食欲，没吃几口就放下了筷子。晚饭后，他说想跟我一起去公园走走。我说好。去公园之前他帮忙洗了碗和筷子。

公园里有一个凉亭，里面坐着几个男孩，看上去都是高中生的模样。男孩们围坐成一圈，似乎在玩什么手机游戏，说笑声很大。我想到了海沫。虽然他也喜欢玩游戏，但玩的都是一个人尽兴的那种。走过花坛时，我顺手从花坛里摘了一朵小黄花。教练突然想来公园散步，我想并不是他心血来潮，而是他想喘口新鲜的空气。我们围着公园的散步道转圈子，一圈又一圈，转了很长时间，树下的落叶好多被我们踩扁了，有的还成为碎片了。

教练突然对我说："海沫这次住院，要住三个月。"我说："这么长时间啊。"他说："三个月为一个疗程。"我说："三个月，听起来好像很长时间，其实一眨眼就过去了。"他说："是。"然后我告诉他，海沫出院的那天，想陪他一起去医院接人。他竟然同意了。这使我觉得他对这次的住院治疗抱有很大的希望和信心。我对他说："海沫出院的那天，我们要好好地庆贺一下。"他笑着说好。这个月以来，我还是第一次看见他笑，觉得很开心。说真的，这一段时间里，因为笑容从他的脸上消失了，我还真担心病魔同时也在腐蚀他的内心和大脑呢。

坐在园灯下的长椅上休息时，正好可以看见刚刚走了几十遍的散步道。道路越往远越黑，像一个巨大的黑洞。我本来已经脱了外套，这时候又披到肩上，教练意识到我觉得凉了，就用手臂搂住我的后背帮我取暖。话题转到妈妈身上，我说再过几个星期，妈妈就要回东京过新年了。他说他知道。接着他告诉我，刚才在散步的时候，他的脑子里突然冒出了一个想法。我问是什么想法。他望着凉亭里那些有说有笑的男孩子们，一边对我说："虽然是赶巧了，但海沫在你妈妈回东京的这个时候住院，我觉得正好。"我歪过头看他，心想他说了我没好意思说出口的话。因为海沫住院,妈妈这次回东京的时候自然省去了很多的麻烦。我的意思不是说海沫会给我们添麻烦,而是他病得那么严重,如果不住院的话,新年这么长的假日,教练不可能不抽出时间去他那里看看垃圾什么的。另一方面,怎么说也是新年,不可能让他一个人孤零零地过。说到底,我是不想因为海沫的事让教练在妈妈的面前为难。教练大我二十五岁,跟妈妈的年龄不相上下,这件事本身已经会令妈妈和他觉得尴尬了。再说妈妈很爱我,希望我将来的人生,一路下去都是阳光普照。所以呢,如果她知道海沫有精神上的病,百分之百会反对我跟教练在一起的。我嘱咐教练:"如果妈妈不提海沫,我们也不要主动谈起海沫。"他说好。不过呢,这种话,教练说是可以的,我说就有点儿不对劲儿了。我愧疚地解释说:"如果不是因为海沫病到现在的程度,我当然不希望海沫住院,还会巴不得将他介绍给妈妈的。"他说他明白。

教练搂我的时间久了,我的后背先暖起来,然后全身都跟着暖乎乎的,很舒服。有一阵,我甚至想就这么睡在公园里好了。我将身体依在他的身上,脑袋枕着他的肩头。他用手心抚摸我的头发。从侧面看他的脸,我觉得他的下巴很漂亮,棱角分明,几乎没有多余出来的肉。他对我说:"我会在你妈妈回东京之前把离婚手续办完,不然没面子见你妈妈,而且住在你家里也是名不正言不顺。"我说好。

妈妈很固执也很守旧,爸爸死去很多年了,但她一直没有再婚。我不相信她没有遇到过合适的男人,她只是不想在我成人之前再婚罢了。我理解并感谢妈妈。特别是日本的电视新闻,三天两头报道小孩子受虐待的事件,而绝大多数的施暴者,都是母亲再婚后的配偶。虽然我已经不是小孩子了,但从某种意义上说,妈妈是个完美的理想主义者。在我成人之前不再婚,可能是她的理想之一。

一阵窸窸窣窣的声音让我吓了一跳,寻着声音望过去,发现是一只大鸟停在不远处的一棵树上,看起来像苍鹭。最近,有人说在公园里看见了狐狸,还有人说看见过白鼻心。我想天黑后的公园有另外一副跟白天不一样的面孔。可能我在椅子上坐的时间长了点儿,脖子有点儿酸,想回家了。我们顺着来路回家。路上,我对教练说:"还有,如果妈妈谈起海沫,只说海沫是东京大学的大学生,学习生活比较忙之类的话就好了,千万不要提有病的事。还有,万一妈妈因为我们之间的年龄相差太大,反对我们在一起的话,希望你也不要放在心上。归根结底,决定跟谁在一起是我自己的事,我自己的事我自己会决定。"他用手拍了拍我的肩。我很难为情,觉得好像在揭他的短处,伤他的自尊心,于是小声地说了一句:"对不起,让你在这些问题上迁就我。"他一连说了两遍"没关系",说他理解我为什么要这么做。不过,他说他不想跟妈妈说谎,再说妈妈迟早都会知道海沫有病的事。他对我说:"如果你妈妈不提海沫,我是什么都不会说的。但万一你妈妈提出各种各样的问题,我也会照实回答。"我无奈地说:"好吧。"他牵过我的手,紧紧地握着,对我说:"菜菜子,人跟人之间,最重要的是诚恳。诚恳会将复杂的事变得简单起来。尤其是人,还是单纯点好。"也许他说得对,但关于海沫的病,我不过是想瞒着妈妈而已。

晚上睡觉的时候,跟教练一样,我也穿了一套蓝色的睡衣。他从我的背后抱着我,问我爱不爱他。我小声地笑,笑得他吻了一下我的耳朵。从这个时候开始,我们再没有说话。可是躺了一会儿,直觉告诉我,他似乎在偷偷地流泪。我装作睡着了,心想他是在想明天海沫去精神病院住院的事吧。海沫一旦越过住院处那扇大门,他就没有办法帮海沫了。对于海沫来说,因为是第一次住院,说不定也会在内心的什么地方留下创伤吧。

早上醒来后,表面上看,教练似乎跟平时上班没什么两样。吃过饭,换上西装,他跟我打了一声招呼就出门了。我没有安慰他就让他走了。我知道,他在很努力地适应眼前所面临的现实。有时候,我们所面临的困境,不知道原因,也很难找到答案,但是又不能放弃。爱其实还有一个我不喜欢的意义,爱是一笔难以还清的债。但人生的流逝真的就像时钟，靠摩擦之力向前迈进。对教练来说，海沫的病宛如一座很高的山，他能不能翻越过去，只能一边爬一边看了。他现在能做的就是竭尽全力地往上爬。

想象教练已经接到了海沫，也许两个人已经在去精神病院的路上了，我给他发了一封短信，信中只写了两个字："加油"。过了很长时间，他给我回信，是一个"拥抱"的表情。

因为这次的公寓租了没有多长时间，电视、游戏机等也都是新买的，所以我提前约了中古品回收店的人来看货，成交后就由他们将东西直接拉走。空出来的房子由我打扫干净，再由樱花不动产的新井检验有没有问题。没什么问题的话，我替教练拿回租房时交的押金，就算正式退房了。至于海沫出院后住哪里，到时候看他的恢复情况再决定。我心里还有一个模模糊糊的计划，也要看海沫出院后的恢复情况再决定是否实行了。

电视、游戏机、电冰箱等便宜东西就不说了，一辈子可能只会购买一次的昂贵的住房以及汽车等，只要一交钱，有过归属，哪怕从来都没有使用过，也叫中古品，价格跟着大跌。中古品回收店的男人，无语地看看电视，看看游戏机，看看电冰箱，冷冷地告诉我说："五千元，不成交就走人。"龙介对他说："游戏机是新型的，刚上市没多久，市场上还没有比它更新的产品。

只这一台游戏机就可以值五千元了吧，原价好几万呢。价格能不能再给得高一点儿？"他毫无表情地回答说："我收购东西，向来都是一口价，不会跟客人讨价还价。不成交的话就走人。"他做出要走的样子，我相信没有争取的余地了，对他说："好吧。五千元就五千元吧。拜托你将这些东西全部拉走吧。"他给了我五千元，然后打电话给等在楼下小卡车里的同事。很快有一个高个子的男人敲门进来，跟他一起将东西一件件地搬到楼下的小卡车里。不久，我听到了卡车开走的声音。

龙介跟我站在一堆装满了垃圾的袋子旁边。他指着垃圾旁边的一对钢镚对我说："不知道收拾垃圾的时候你注意到了没有。"我说："你说的这些钢镚，我也注意到了啊。"他说："我要说的不仅仅是钢镚的问题啊。"我说："的确是多了点儿。估计海沫每次买东西都用纸币，回家后，把剩下的钢镚就很随便地往地上一撒。"他说："我说的不是这个问题。"我问："什么问题？"他回答说："有一些钢镚，上面都长了很长的毛啊，那些毛是霉菌。"我说："这点我也注意到了。"他看起来有点儿急："你怎么还不明白我说的是什么意思？"我问："什么意思？"他说："连钢镚都会长毛，海沫用钱也太荒了吧。"

妈妈曾经感叹过，说日语用"荒"来形容花钱时没有节制、任意挥霍，真的非常绝妙。想不到龙介在海沫身上也会使用"荒"

这个字。但是我不明白他在责备海沫什么，对他说："海沫花的是他爸爸的钱啊。"他说："问题就在这里。他爸爸给海沫这么多钱，多到钢镚会发霉长毛的程度，这样下去的话，海沫会一直把他爸爸当银行。只要海沫开口，他爸爸就会给他钱，这样的情形对海沫今后的自立非常不利。海沫总不能让他爸爸养一辈子吧？"为了证明事情的严重性，他还向我举了好几个例子。比如他们家附近的一个邻居，儿子都快五十岁了，还跟七十多岁的老妈一起生活，靠老妈的年金吃饭。结果老妈死了后，成了公园里的流浪汉。

龙介是出于好意才跟我说这些话的，但我觉得他有点儿大惊小怪。我说："海沫有病嘛。教练是海沫的爸爸嘛。将来的事将来再说嘛。"他恨恨地对我说："别看你现在做好人，总有一天你会意识到我说的话是对的。如果你真的要跟你的教练一起度过你的人生，如果你想平安，而你不提醒他这么做是错误的话，你跟你的教练将来会在这一点上吃很多的苦头。"他说了好几个"你的教练"，我都快笑出声了。不过他的话后来真成了现实。但这也是后话，也留到以后再说。

龙介还想往下说，但我已经不想听了。本来，我真想用卖中古品的那五千元请他吃午饭，但下午他要去大学上课，于是我谢过他，约好后日再请他吃饭，就跟他分手了。

从海沫的房间里出来，我在公寓的楼下站了一会儿。我深深地吸了一口气，感觉有什么东西泡沫一样地消失了。

二十二 只要吃喝拉撒睡没问题就可以了

大学跟高中的冬假时间几乎一样长,从十二月二十三日开始,到新年的一月五日,正好半个月。但对我来说,大学的假期才是真正意义上的放假,因为没有大量的做不完的作业,这令我非常高兴。

我一直在计划冬假干什么,最后决定先带丘比特去动物美容院美容。一定是新年在即的原因吧,一大早,已经有十几个人在排队了。日本有一份统计,说宠物的数量已经超过了儿童的数量,看来是真的。说到宠物美容,私人订制形象根本不再是新的话题了,引起我关注的是服务,包括看护、大赛以及训练等。我对所有项目的参赛和训练都没有兴趣,现在也是这么觉得:一只小狗,只要吃喝拉撒睡没问题就可以了。

丘比特是短毛狗,说是美容,其实就是洗干净身体,然后像修剪树枝似的将尾巴和耳朵两个地方的毛剪整齐了。每次带丘比特来，美容院都会给两个免费服务项目，今天也没有例外。丘比特由女店员抱出来交给我，果然身上香喷喷的，耳朵上面系着两个可爱的蝴蝶结。

美容费是四千五百元，跟我去美容院的价格差不多。在我交钱的时候，女店员对我说，最好尽快带丘比特去做绝育手术，不然的话，再过一段时间，丘比特会将精液射得满屋都是。又说不做绝育的话，丘比特容易生病。她举了公狗容易患的两个病做例子，比如前列腺肥大和精巢炎。她说的"容易生病"吓到了我，我答应新年前带丘比特去动物病院做绝育手术。

妈妈十二月二十五日回东京。但她不让我去机场接人，说她不是来探亲的，是回自己的家。她当然不知道我为什么一定要来接她。不过，看见我，她还是笑了。离开大厅，她迅速右拐，前方是开往东京站的快车线，我们应该在那里乘电车去东京，再转其他的线回家。我叫住她，说今天我们乘小轿车回家。她怔了一下，过了好几秒都没有反应过来。我觉得她猜到了什么，但又不知道怎样开头说这件事。

妈妈问我："你是不是有了男朋友？"我点了一下头。她看起来很高兴，接着问我："是你的男朋友开车来接我的？"我又点了一下头。她推了我一下说："那你还在这里拖延什么啊，还不快一点把你的男朋友介绍给我。"我用手指着左边说："那边有一家咖啡店，可以先去那里喝一杯咖啡吗？"她沉默地看了我一会儿，问我："开门见山吧，你是不是有话要跟我说？"我点了一下头。她又问我："很特别的话吗？"我再次点了点头。她只是"哦"了一声，开始默默地朝那家咖啡店的方向走，我跟在她的后边。

座位的右边坐着一对外国夫妇，因为使用的语言是英文，使我在心理上觉得轻松了不少。我叫了两杯咖啡，然后目不转睛地看着妈妈，嘱咐她"先不要激动"。她严肃地看着我说："好的。我不激动就是了。有什么话，你尽管照实说好了。"我决定照她说的那样开门见山。海沫有病的事我隐瞒了，但跟教练之间发生的事，全部都讲给她听了。不过，说不清是什么原因，讲这些事的时候我觉得有点儿心烦。最后，我将身体坐得笔直地说："昨天上午，教练已经办完了离婚手续。昨天下午，我们把家里恢复到原来的样子，妈妈还是睡在自己的房间里。"想了想，又补充说："不过，如果你觉得教练在家里不方便的话，你在东京的这段时间里，教练可以搬到民宿去住。"

妈妈不说话，只是一个劲儿地喝咖啡。那对外国夫妇离开了，又有一个男人坐下来。我听见男人点了一杯咖啡和一块蛋糕。我呢，默默地等着妈妈的反应。但很意外，直到咖啡喝完她的表情都很平静。她对我说："我只是想知道，如果我反对你跟教练恋爱的话，你会不会断绝跟教练的来往。"我很坚决地回答说："绝对不会。"她说："那你还在这里跟我费什么话啊！让教练等的时间越长，他的担心就越大。"我问："就是说妈妈不反对了，对吧？"她问我："你不想早一点带我去停车场吗？"她先站起来，我跟着站起来，心里涌出无限的喜悦。感谢妈妈，她总是用很大的情怀接受并包容我的一切，她总是站在我的立场上想我的问题。将来我愿意成为像她这样的妈妈。但说真的，从外形上看，我身上有着很多妈妈的影子。如果形容妈妈是印章，那么我就是纸上的盖印。好像这时候，我正迈着跟妈妈一样的八字步，朝停车场走去。

　　看到我跟妈妈，教练从车里出来跟妈妈问好。我想给两个人做介绍时，想起妈妈早在我读高中的时候就认识教练了。妈妈也向教练问好，然后表示她的感谢之意，说多亏了教练的推荐，我才能够顺利地去了ICU。教练让妈妈不要客气，说我被ICU录取，跟学校的推荐并没有太大的关系，因为学校看的还是个人的实力。尤其是他本人，不过就是跟校长提出了推荐者的名单而已。我的脑子里又出现了三者面谈时，妈妈连声地对教练说"拜托"的样子，不由得在心里感叹起来，时间流逝得真快啊！生活的变化真的是无法想象啊！一晃，一年的时间过去了，而那时候的我，做梦都不会想到会跟喜欢的教练生活在一起。

  为了给妈妈接风，教练想请妈妈去饭店吃饭，但妈妈说坐了几个小时的飞机，身体有点儿疲劳，想在家里吃饭。我问妈妈想吃什么。她说最好是吃起来清淡，做起来轻松的那种食物。我想象不出这样的食物是什么，问妈妈，她回答说："面条啊，大米粥啊，都是很清淡的食物啊。"她的话让我跟教练一起笑起来。我对妈妈说："那就吃面条吧，面条最简单了。"日本的超市里有很多现成的袋装乌龙面，用开水煮三分钟就可以吃了。至于汤料，种类比面类还要多。妈妈好像不放心，问我冰箱里有没有存货。我说有。过了一会儿，妈妈"啊"了一声说："刚回东京，还没有到家呢，已经在想上海的阳春面了。"我问阳春面是什么样的面。她说就是不加任何浇头的清汤面。我让她再说得具体点。她回答说："一大碗面，葱翠清汤，清清白白。"我耸了耸肩。

  妈妈从车窗看到一个男人在人行道上遛狗，于是就想起了丘比特，并问我丘比特怎么样。提到丘比特，我会有说不完的话。丘比特因为牙床痒痒，把地板啃了一个洞，而第二天早上我起床后才发现，大吃一惊。丘比特在地毯上撒了很多尿，不过总算会使用狗厕了，换新地毯花了一万元。昨天送丘比特去美容,店员又给它扎了两个蝴蝶结,明明是只小公狗嘛,却打扮成小母狗的样子。我买衣服都选大拍卖时的甩货,很便宜,丘比特的一件衣服却要六千元。我说丘比特的时候,妈妈跟教练会插进来打趣,于是三个人一起笑,很开心。好几次我在想,眼前这份快乐的光景,如果能一直持续下去就好了。

不知不觉,我们已经到家了。进房间后,丘比特马上钻到我怀里。分开几个小时而已,它已经兴奋得不得了,用舌头舔遍我的嘴巴。我也任凭它舔我。我还是第一次从心里感谢丘比特,因为它是妈妈和教练能够谈笑自如的起因。过了没多久,丘比特跟妈妈也亲热起来了。我跟教练在厨房做面条时,它一直讨好似的傻乎乎地坐在妈妈的大腿上。

吃乌龙面的时候,我坐在妈妈的对面,发现她比去上海之前瘦了不少,心里忽然酸酸的。她大概真的是饿了,很快把一碗面条吃得精光。我去厨房冲咖啡,心想妈妈虽然生在上海,但现在的家毕竟在东京了,真的不理解为什么一定要离开东京去上海工作。其实我在电话里问过她几次,每次的回答都一样,说她自己也不是很清楚。不过,去上海是妈妈自己的选择,我也无能为力。我只是想,等大学毕业了,有工作了,就让妈妈辞职在家,好好地享受悠闲的人生。

晚上,因为我和教练还没有正式结婚,所以不好意思当着妈妈的面，睡在同一个房间里。教练去那个小房间睡，我回到原来我用过的那个房间搂着丘比特睡。丘比特的身上还残留着美容院喷的那股香香的味道。最初我睡不着，但丘比特的身子很暖，很像我怀里搂着个小暖炉。很快我就迷糊起来了，睁开眼睛的时候，已经是第二天的早上了。

　　到新年剩下没几天了，街上的人越来越少，人们都回老家过年去了。平时早上拥挤不堪的电车，有了很多个空位子。热闹的只剩下商店和饭店。也许是因为家里多了一个男人，我觉得妈妈比往年更热心地张罗过年的事。教练也忙了几个晚上，但都是参加忘年会。关于"忘年"，这个词，据说起源于镰仓时代，但当时的人是通过歌词"年忘れ"来诵咏心愿。"年忘れ"的意思就是将一年所有不愉快的事情都忘掉。还听说"忘年"的说法来自于室町时代皇族伏见宫贞成亲王的《看闻日记》，在一四三〇年十二月二十一日的日记里，记录了人们在年底举办大型的歌舞会，愉快的气氛令人"忘掉了自己的年纪"。从这两个说法来看，所谓的忘年会，就是人们边唱歌跳舞，边吃喝，边忘记讨厌事情的年末聚会，也许跟美国在十二月三十一日举办的派对比较相似。不过，日本称十二月三十一日为"大晦日"，有另外的文化意义，所以忘年会一般在十二月中下旬举行。平时我愿意教练多待在家里，但今年我希望他参加所有忘年会的邀请，参加得越多越好。我希望他把所有的烦恼都忘却。

我跟龙介也在居酒屋喝了一次酒，算我们两个人的忘年会。妈妈则跟在东京的同事一起热闹了一个晚上。

教练开车带着我跟妈妈跑了好几家商店，买了很多的年货和福袋。年货准备得差不多了，只剩下跨年的荞面还没有买。但正如妈妈说的，荞面要三十一日当天买才会新鲜。

二十六日，我跟教练带丘比特去附近的动物病院做绝育手术。一开始，妈妈不同意给丘比特做绝育，但我围绕着"不容易生病"的好处讲了一大堆。妈妈开玩笑地说："丘比特这么小就被阉，成了狗宦官了。"我说我曾经读过一篇文章，说宦官的寿命比一般男人长十四年到十九年，原因似乎是男性荷尔蒙有抑制免疫机能的倾向。妈妈说我的嘴巴太厉害，她决定不管丘比特了，让我随便"处置"。

二十三 好像你又多了一个儿子了

我还是第一次到动物病院。难以置信的是，这一次来访，改变了我跟教练日后的很多事情。

候诊室被人和动物充得满满的，看起来比动物美容院要忙得多。小猫小狗被关在宠物筐里，宠物筐被放在主人的膝盖上或者脚下。只有那些大狗被主人用绳子牵着，乖乖地坐在地上。没想到动物病院也有美容院提供的那些服务，剪指甲、剪毛、洗净等，价格似乎比美容院还便宜。靠墙壁的架子上有介绍医院的小册子，我拿了一本翻阅。原来我们来的这家动物病院，不仅仅治疗小猫和小狗，兔子和乌龟等小动物也都是治疗的对象。院内有激光治疗、超声波检查、X片透视检查、内视镜检查等项目，还有高技术的兽医师和护士。我感觉这家动物病院很先进，带丘比特到这里来做手术是一个非常正确的选择。教练也赞同我的这个看法,还说以后再给丘比特美容的话,就不去那家美容院了,干脆利用这家动物病院。

等了差不多两个小时,终于听见柜台小姐叫依田的名字。我抱着丘比特走过去,她头也不抬地开始问丘比特的名字、性别、住址、出生年月日和出生地点。她把我的回答写在一本小手册上,然后把那本小手册给了我。小手册的内容,类似生小孩时政府颁发的那种母子健康手帐,也有父母两个栏目。父亲一栏我写了教练的名字。母亲一栏我写了自己的名字。说真的,看到我跟教练的名字排列在父母栏里,竟然有了"我跟教练已经是夫妻"的真实感觉。小手册的扉页上有一个贴照片的地方,小姐让我们回家后贴上丘比特的照片,还嘱咐以后每次来医院的时候都要带来,因为所有关于丘比特的来院原委都会一个不落地记录在上面。此外,小姐又给了我一张设计得十分可爱的挂号卡,卡上写着"依田丘比特"这个名字。我笑着对教练说:"简直跟人类的病院没有区别。不过,好像你又多了一个儿子了。"他苦笑。我补充说:"丘比特是你跟我的第一个孩子,是长子。"

小姐带我们去诊疗室见医生。医生是个四十岁上下的男人,个子很高,身体很瘦,身上和脸上似乎没有多余的脂肪,但肤色相当黑。他穿着病院统一的琉璃蓝颜色的制服,让我把丘比特放到观察台上。因为是初次见面,他对我跟教练做自我介绍,说自己姓高见，是这家动物病院的院长，请多多关照。我跟教练一起对他说："请多多关照。"

高见院长用听诊器在丘比特的胸部听了一会儿，然后挨个检查了丘比特的耳朵、牙齿和指甲。他说丘比特的状态不错，手术按计划照常进行，时间大约是下午的三点。但因为客人太多，时间上不能百分百地保证按时，所以手术做完后会打电话通知我们。他希望我们接到通知后再到医院看望丘比特。我们回答说好。他笑着对我们说："那么，请你们下午再来吧。"接着把丘比特抱在怀里，对丘比特说："丘比特，跟爸爸妈妈再见吧。"

过了下午四点，我跟教练才接到动物病院的电话。以为是通知我们去看望丘比特，但打电话来的男人声音听起来非常急迫和紧张。他说丘比特的绝育手术已经做完了，但手术时发现靠近肛门的肠子下面，有一个小肿瘤，如果放置不管的话，将来肯定会变大。肿瘤变大了以后再做摘出手术的话，对丘比特来说，身体上的负担会比较大。他还特地解释说，万一肿瘤是恶性的话，很快就会扩散到其他的地方，所以最好趁这次全身麻醉的机会，一起把肿瘤也摘掉。我们说商量一下再做答复。他说好，但又说时间紧急，务必在五分钟内给他答复。

放下电话，教练感慨地说："幸亏去病院做绝育手术，不然我们一定不会发现丘比特的身体里面有肿瘤。"我问他手术怎么办。他回答说："既然是肿瘤，当然要摘除了。我想最好还是听兽医的话。"我说好，但心里面觉得他很好笑。既然已经决定做手术了，为什么还要跟兽医说"要商量一下"呢。

教练给动物病院打电话，刚说出依田的名字，接电话的女人立刻换成了刚才来电话的兽医。教练很客气地问他是不是主刀医生。他说是。教练问丘比特现在是什么样的状态。他说丘比特还没从麻醉中苏醒过来，还在手术台上，如果我们这边同意摘肿瘤，马上开始手术。教练说："那么，丘比特的手术就拜托了。"

我想马上去医院看丘比特，但教练说丘比特的手术结束后，医院肯定会来电话，让我安下心来等待。一个小时以后，动物病院果然打电话来了。还是刚才的那个主刀医生，说丘比特的手术很顺利，虽然现在还没有从麻醉中醒过来，但已经在点滴止痛剂和身体所需要的营养液了。他又说丘比特需要住几天院，如果我们觉得放心的话，今天没有必要特地去医院看丘比特。我说不亲眼看一下丘比特的样子，待在家里只会增加担心。他说即使到了医院，恐怕也只能从很远的地方看一眼而已，因为丘比特需要的是安静。总之他说得很委婉，意思就是告诉我们今天不要去打扰丘比特。他每说一句话，教练都回答说好，最后还劝我听兽医的话忍耐一天。我就不再坚持去动物病院了。

期间妈妈一直重复地说:"既来之,则安之。"每当遇到什么意想不到的事情,妈妈都会搬出这句话。我查过辞典,知道这句话出自《论语》,原意是"既然把他们招抚来,就要把他们安顿下来"。现在指既然事情来了,就要在这里安下心来。

第二天,我跟教练到动物病院看丘比特,妈妈也一起来了。院长不让我们靠近,说是怕丘比特会激动,对伤口的愈合不好。我们只能从很远地方眺望着丘比特在里面的那个玻璃橱窗。虽然它就趴在窗边,但我们看不清它的神情,不知道它现在会不会痛。一个星期后,丘比特出院,教练开车带着我跟妈妈去动物病院。除了我们三个人,院内只有两个客人和他们的小狗。我想起今天是大年初二了。不过我挺感动,高见院长的这家动物病院,原来是年中无休的啊。

前一天,我跟教练和妈妈起大早去浅草的神社,做了新年的第一次参拜。每年都一样,神社的里外人山人海。我为妈妈、海沫和丘比特祈了愿,也为我自己祈了愿。我想教练肯定也是为海沫、我和他自己祈了愿。至于妈妈呢,我想一定是为了我和她自己祈了愿。想想新年里有这么多人为我祈愿,我感到十分慰藉,有了一种久违的平和心境。

话说日本吸收了很多中国的文化,也包括春节。日本官吏发工资是按月发，按阴历发工资的话是发十三个月。明治维新的时候，因为日本的国库十分空虚，政府不得不想办法度过困境，于是发布了"改历诏书"。也就是废太阴历，颁行太阳历。从此日本官吏发工资变成了十二个月，各种祭典也一律按新历阳历来施行。新年在日本成为新历的元旦。元旦为春节。十二月三十一日为除夕夜。一月一日为"初诣"日，就是大年初一。除夕夜家家吃荞麦面，面条又细又长，象征长寿。到了夜里十二点，全国的寺院和神社同时敲响"除夜钟"跨年，一百零八响钟声响彻云霄。至于为什么是一百零八，众说纷纭，我倾向佛教的"烦恼"一说。人有耳、鼻、目、舌、身、意六个感觉器官，六个器官有苦、乐、非苦非乐、好、坏、非好非坏六种感觉，感觉在时间上分过去、现在、未来三个阶段，六乘六乘三等于一百零八。这个说法也许牵强，但是日本寺院里的钟体周身都突起着一百零八个乳头。钟声送走旧年里所有的烦恼。

阴历年也罢阳历年也罢，中国人也罢日本人也罢，"明天会更好"的愿望是共通的。

丘比特看见我们兴奋得不得了，但围在脖子上的伊丽莎白圈像反转的灯罩似的罩着它，使它没办法自由活动，只能使劲儿地摇着尾巴。高见院长说，使用伊丽莎白圈，是为了防止丘比特用指甲抓伤口或者是用舌头舔药水，所以到伤口彻底愈合为止，一定不要从丘比特的脖子上摘下来。关于这一次手术，他说全部过程都进行了摄像，如果我们想了解的话，可以放映给我们看。仅仅是想象丘比特血淋淋的身体，我已经觉得不舒服了，身上起了一层的鸡皮疙瘩。我说："我是不想看的。但如果教练和妈妈想看的话，我也不反对。"听我这么说，高见院长就问教练："那就不看了？"教练说："不看了。"关于丘比特，院长说恢复得不错，但因为伤口还没有十分痊愈，所以用力气排便的时候可能会痛。我问痛到什么程度。他说症状就是排便的时候比较费劲，有时候会出声地叫。但这不过是暂时的现象，再过一个星期左右，丘比特应该会正常排便。他说得头头是道，我们都觉得没有什么问题。

手术费高得吓人。连手术费加住院费，一共花了三十二万元。我后悔没有早一点给丘比特上动物医疗保险，不然就可以返回百分之七十的钱了。妈妈也惊讶得吐了一次舌头。教练一定也没有想到动物的医疗费会这么贵，因为付钱时他带的现金根本不够用，是刷信用卡结的账。

二十四 医疗事故

丘比特的手术失败是一个星期后发现的。很多日常被改变了也是从丘比特回家后开始的。正如高见院长所说,丘比特大便的时候很费劲,原地转圈不行,将后背弓起来也不行,一用力就痛。院长跟我们说的"叫"其实是"号叫"。单凭自己的力量,丘比特根本排不出大便。大便会从丘比特的肛门露个头出来,是我戴上一次性使用的透明手套,把大便拽出来。丘比特的样子令我心如刀绞。丘比特每号叫一次我都会倒吸一口凉气。如此撕心裂肺的感觉我还是第一次体会到。这种情景持续了整整一个星期,新年过得非常揪心。

使我难以忍受的是,好不容易熬过了一个星期,丘比特排便的状况不仅不见好,反而更加艰难了。丘比特排便时发出的号叫声,估计方圆几百里的人都能够听到。特别是夜里,号叫声除了令我觉得凄楚，也让我担心会影响到邻居们的睡眠。妈妈认为百分百是兽医的手术做失败了。丘比特排不出大便的症状是动物病院的医疗事故。按照妈妈的想象，兽医在手术的时候，不小心伤到了丘比特的哪根神经。再过几天妈妈就要回上海了，她发誓要在她回上海之前把手术失败的真相搞清楚。她对我说："高见院长不是说过有摄像的吗？我们看摄像好了。也许可以通过摄像带找到他们失败的证据。"我对她说："你的头脑不会这么简单吧！神经凭肉眼是看不见的。通过摄像根本找不到所谓的证据。不过，客观结果足以证明动物病院的手术是失败的。"教练说："不管能不能找到证据，至少要去动物病院把丘比特不能排大便的事情问清楚。"

我跟教练把丘比特的症状跟高见院长描述了一遍，以为他会觉得意外，但他沉默了一阵后，小声地说了一句对不起。教练问他："丘比特每天都要大便，这样痛下去令我们没有办法承受。病院这里有什么办法吗？"他回答说："眼下只能说再观察一个阶段，然后做下一步的判断。"妈妈在一旁对着他吼起来："你是在开玩笑吧。丘比特痛成这个样子，你却要我们再观察一个阶段。一个阶段有多长？一天？还是两天？还是一个星期？丘比特可是天天都要排大便的。"他说："对不起。"我问他："没有让丘比特不痛的办法吗？至少应该解除排便时的疼痛吧。"他想说什么但没有说出口。妈妈说："很明显，丘比特不能排大便是由你们手术时不小心造成的后果。对于这样的医疗事故，作为这家动物病院的院长，你是应该承担责任的。我们不想天天承受煎熬。"我紧紧地抱着丘比特，接着妈妈的话说："是啊，我们天天都在受煎熬。丘比特太可怜了。请想想办法给丘比特止痛吧。"妈妈还在抱怨："因为你们的原因，我们连新年都没有过好。"

高见院长沉默了一会儿，开口后让我们把丘比特留在动物病院，理由是他本人想给丘比特再做一次手术。他跟我们保证，说肯定会治好丘比特。妈妈激动不安地说："光是口头保证没有意义。一定要尽全力把丘比特的问题解决好。丘比特跟东西不一样，有生命就有感觉，就会痛。"我喜欢妈妈这种直来直去的性格，很坦诚。她的坦诚也许跟她在中国长大有关。包括我和教练，大多数日本人在表达自己的想法时很暧昧，说好听点就是迂回，说不好听点就是不知道心里在想什么。其实妈妈的妈妈是日本人，本来在日本的医院做护士，关东大地震后又跑去上海做护士，结果跟当地的男人结了婚，还生了孩子，所以妈妈是半个日本人，但她给我的感觉更像是一个中国人。

两个星期后，高见院长来电话让我们去动物病院，说是有话要说。凭直觉我猜想他的手术又失败了。果然，他叫我们来动物病院，而我们来了后他却好久都不说话。他的样子看起来很丧，差一点就会痛哭流涕了。一切尽在不言之中了。教练跟我都不敢开口，只是目不转睛地看着他。感觉到我们的目光，他愧疚地看着我们，说手术他尽了全力，但结果并没有往好的方向改变，丘比特在排便的时候还是会痛得号叫。他还是第一次用"号叫"这个字眼。他说他也搞不清原因在哪里，已经无术可施了。

有几秒钟，我的脑子里非常混乱，很多令人窒息的情景重叠在一起，感情如泥土般崩溃了。我的身体开始发热。我尽可能不去责备他，但没有成功，说出来的话是："你也记得丘比特第一次来病院时的样子吧。你们病院到底做了什么样的手术，会把它变成了现在的这个样子呢？我真的不能理解，好端端的一只小狗，在你们这里做了一次手术，怎么就会拉不出屎来了呢？你光解释是没有用的。请告诉我们，丘比特今后怎么办？它还要忍受多久这样的疼痛？"他还是不说话，空气变得非常沉重。

前天我在路上遇到带着小狗散步的邻居夏目，说起丘比特的情形，她说她从不带小狗光顾高见院长的这家动物病院。虽然高见院长本身的技术没什么问题，但是病院里的很多兽医太年轻，缺少临床经验。因为是这个原因，虽然医疗费比其他的动物病院要便宜一些，但对于生病的动物来说，治疗时碰上哪个兽医就看运气的好坏了。运气不好的话，就会出现丘比特这样的医疗事故。她向我介绍了另外一家动物病院，说那里的医疗费虽然高了一点儿，但给动物治疗的都是有经验的老兽医，非常安心。最后，她鼓励我起诉高见院长和他的动物病院。不知道为什么，这时候，我突然想起了夏目跟我说的这些话，气不打一处来，于是声音颤抖地对高见院长说："我有一个疑问。给丘比特做手术的那个兽医很年轻，是不是第一次给动物做手术呢？是不是用丘比特练技术了呢？如果是让他积累临床的经验，我们也没什么话好说，但在发现肿瘤的时点上，为什么不更换有经验的老兽医呢？至少应该让有经验的老兽医在旁边监督一下的吧。"他不做解释，咬着嘴唇说了一句对不起。我突然恼火起来："你就会用对不起这句话来应付我们。你知不知道，对于我们来说，丘比特是家族的一员，跟我们亲生的孩子差不多。我们都非常爱丘比特。我们不能原谅你们用丘比特来练刀。"他突然激动起来，用很快的速度说："跟你们一样，我们病院里的人，不管是兽医还是护士，也都非常爱丘比特。我们都希望治好丘比特的病。现在也希望丘比特早日康复。"

教练在旁边让我平静一下。这时候他还会如此冷静，我觉得不可思议，于是把气撒到他身上。我问他："你觉得这个病院里的人爱丘比特吗?"他回答说:"当然爱。跟我们一样爱丘比特。"他这样说,我的怒气就减弱下来了。冷静地想一下,事到如今,只有高见院长才是丘比特的希望所在。这个时候,他正站在我们的对面,很不自在地用手指敲打着桌面。教练问他:"接下去你们病院想怎么做?"他还是那句话,说只好再观察一段时间了。我问他:"观察期间丘比特排不出大便的问题怎么解决?"他想了想,然后下决心似的问我们是否愿意让丘比特留在病院,因为他想亲自观察一段时间。怕我们担心金钱上的事,他说病院不会向我们收任何费用。我已经不信任他了,所以紧紧地抱着丘比特说:"不。我们不会把丘比特留在你们病院的。"

我曾经说过,一只小狗,只要吃喝拉撒睡没问题就可以了。但现在丘比特在"拉"的方面出现了问题。令我烦恼、颓丧、混乱的问题是,因为丘比特排便时太痛苦,所以它一吃东西我就会感到恐惧。它吃得越多,我的恐惧就越大。日常变得令我不堪忍受了。这一段时间,只要看到丘比特,我随时都会哭起来。

又过了一个星期,我给动物病院打电话,点名让高见院长说话。我可能是疯了,声音都不像自己的了。我对他说:"真的没有办法承受下去了,请把手术前那个排便正常的丘比特还给我们吧。"他一直重复地说对不起。我握着手机,从房间的这头走到那头，又从那头走回这头。我歇斯底里地喊道："我没有办法原谅你们了。我们非常非常爱丘比特，我们希望丘比特健康快乐，而你们病院却让我们不得不承受这么痛苦的现实。我已经下决心要起诉你和你们病院了。"他一直不说话。我等了一会儿，他就是不说话。我抓了抓头发，气汹汹地挂了电话。

过了没多久，有人按门铃，原来是高见院长开着车来我家了。我让他进门但没有让他进房间。他抱了一箱小狗吃的罐头摇晃着走进来，说是送给丘比特的。看见罐头，我的气更大了，对他说："丘比特吃了你拿来的这些罐头，排便时只会增加同量的痛苦。"他不说话。我把刚才在电话里对他说过的话又重复了一遍。他静静地等我发泄完了，对我说他也很难过，而且非常理解我的感受，所以想尽力把丘比特从现在的苦境中挽救出来。他看起来很诚恳。如果再埋怨下去，连我自己都觉得太没有修养了。沉默了一会儿，我希望他能够理解我的态度，因为丘比特给了我很多温柔和温暖，令我们的生活完整了不少，对我们来说是很重要的存在。他说他理解。我问他能不能向我保证治好丘比特。他回答说："我不能保证，只能说试试看。因为我不想说假话。"连我也看出来了，他是真心在乎丘比特的。

我有点不舒服，刚才表现出的歇斯底里让我难为情。另一个方面，我天生心软，人家的一句话便会扰乱我的感情。我看着一脸苦相的高见院长，心里有什么地方开始松动。他又提及让丘比特住到动物病院的事，还表示愿意照顾到丘比特恢复了健康为止。我叹了口气，无奈地对他说："算了算了，我相信你说的话是真话，但看到你觉得恼火也是事实，怨恨你也是事实。你走吧，我不会让你带走丘比特。"他点头，说他真的愿意接受良心上的惩罚。

说起诉高见院长，不过是我生气时的气话，我的目的根本不是惩罚他。他说的良心上的惩罚，对丘比特同样没有任何现实上的意义。我对他说："拜托你想想解除丘比特痛苦的办法吧。"他几乎是讨好地说他有一个建议。我让他说说看。于是他跟我说起了另外的一只小狗。他身边有一只跟丘比特一样的腊肠狗，也是在手术后排不出大便了。他建议主人把狗的肛门摘掉，这样大便就可以直接流到外面。麻烦的是时时刻刻都要给小狗穿狗尿裤。但是，主人听了他的建议后，不想养一只没有肛门的狗，拜托他给小狗做安乐死。他没有给小狗做安乐死，而是自己领养了小狗。后来，他真的把小狗的肛门给摘了。现在的情形是，每天他上班的时候，小狗会穿着尿裤坐着他的车跟他一起到病院。他回家的时候，小狗再坐着他的车跟他一起回家。说到小狗跟他一起上下班的事，他的脸上不由得露出了一丝微笑。

可能是站得久了,我觉得腿痛,于是把身体的重心放到了左脚。几秒后,我又把身体的重心换到右脚。他与小狗的事,给了我一种很温馨的感觉。我想他真的是一个心地善良的好人。关于医疗事故,我已经原谅他了。我相信他肯定不想丘比特变成现在的样子。不过,同时我也听明白了,他是在劝我摘掉丘比特的肛门。我想这是他能做到的最后一招了。我回答说:"不。"他失望地摊开两只手说:"好吧。"

二十五 动物不过是商品而已

去学校的时间外,我开始搜寻附近的动物病院,并一家一家地打电话。每一家都如此,我还没说两句话,接电话的人就会把院长叫来,于是我再从头开始把丘比特变成今天这个样子的过程述说一遍:去动物美容院美容、绝育手术、肿瘤、大便故障,又是手术、大便又是故障等等。我说话的时候,对方很安静地听着,偶尔会插进来一句话:"啊,好可怜啊。"最后,我总是这么问对方:"这种情况到你们病院去的话,你们能治好吗?"对方的回答几乎千篇一律,说不带丘比特到动物病院让他们亲自看看的话,什么保证都不能说。

翻来覆去地重复一件伤心欲绝的事令我疲劳不堪。好在这时候,夏目介绍的那家动物病院的大谷院长愿意跟我多聊几句。他对我说:"不知道您所说的动物病院是哪一家,但我敢肯定是医疗事故。我们这里做过很多次绝育手术，从来没有出现过类似的问题。"我想起高见院长领养的那只狗，打断他的话说："是啊是啊。那家病院的院长自己也说，还有另外一只狗，也是腊肠狗，也是在做了绝育手术后不能大便了。结果是做手术把小狗的肛门给摘了。"他说："啊，怎么会有这样的事情。我们病院都是资深的兽医，每天接受的动物患者数也有限定。有些动物病院，为了赚钱，对动物患者来者不拒，结果就是一些刚刚出道的年轻兽医也参与手术，而运气不好的动物撞上这样的兽医，就会出现类似你家小狗一样的问题。"他说的跟夏目那天跟我说的话一模一样。我想丘比特真的是运气不好，撞上了一个刚出道的兽医。但他的话给了我很大的希望，我问他："如果去您那里的话，您能治好丘比特吗？"他回答说："不实际看一下的话，我也不能百分之百地做保证，但我认为应该是可以治好的。"我问："您就不能说保证吗？"他说："估计没有人敢说保证这两个字。你还是先带丘比特过来给我看一看吧。不过，丑话说在前面，我们这里的医疗费是比较贵的。"

有一阵，我觉得说不出话来。首先是我的脑子里很乱，从早上到现在，我已经给十几家动物病院打电话了，声音哑了，信心也失去了。同时，我模模糊糊地觉得大谷动物病院也不一定可靠。不久，大谷院长问我那家病院有没有收丘比特的手术费。我照实回答，说第一次有收，但第二次是免费的。他说应该让那家病院把第一次的手术费退回来，不仅要求退手术费，还应该要求对医疗事故做出相应的补偿。他说的这两点我都没有想到过，就问他该怎么做。他说方法有很多种。我说我想象不出有什么方法，让他给个提示。这时候他好像对丘比特的事不太感兴趣了，说话的调子也变了，淡淡地对我说："你可以给法务省打电话啊。法务省有专门管理动物病院的部门。"我谢了他。

犹豫了几天，我给法务省打了电话。接电话的人问清我打电话的目的，将电话转给一位女士。我把丘比特变成今天这个样子的过程从头到尾地说了一遍，但没好意思提钱的事，怕她误以为我这么做是为了钱。之后，我问法务省对这种问题一般都会采取什么样的对应。她先跟我道歉，说法务省只能打电话到动物病院向他们提出注意，其他什么都解决不了。我问为什么。她又跟我道歉，很遗憾地告诉我："因为在日本，动物仅仅是商品而已。"打电话的时候只有我一个人在家，四周非常寂静。过了好几秒我才理解了她的话。虽然丘比特是一只有生命的小狗，但它是我花钱在动物商店里买的，是一件商品。

我想说把动物当商品是远离文明，但觉得跟她说了也是白说，她又不可能修改日本的法律。在动物病院转了一大圈，我已经不像之前那么激动了。她亲切地问我需不需要她的帮助？还说如果我愿意的话，可以告诉她那家动物病院的名字和电话。我谢了她，说不用打电话到那家动物病院了，因为他们该注意的地方，我已经提醒他们了。我希望她能告诉我，除此之外还有什么其他的办法。她回答说："你可以给商品消费者中心打电话。"

我又给商品消费者中心打电话，将丘比特变成今天这个样子的过程从头到尾地说了一遍。接电话的男人很耐心地听完我的话，说他们解决不了这件事，因为商品消费者中心，是就客人购买的商品，在销售方法、契约、品质以及价格等方面出现问题时，为了更好地解决问题而向客人提供适当的建议和信息。作为商品，丘比特被采购的时候并没有什么问题，现在的问题已经属于另外的范畴，只能通过法律手段或者当事者双方的和解才能够解决。他建议我跟动物病院交涉，让病院做出适当的赔偿。我说病院赔偿了一箱罐头，还表示愿意在观察一段时间后做出新的判断，不过我已经不信任病院了。他又建议我找律师。我问他找律师是不是为了起诉那家动物病院。他回答说是。我说起诉这种事做起来实在太难了，不仅要花很多的时间、精力和金钱，而且结果也不一定会赢了对方，很伤感情。他说万一我赢了对方，起诉费将会由对方支付，同时也可以得到相应的补偿。我说:"您都说是万一了。"他说:"是啊,就因为是万一,好多人都放弃了自己的权益。有时候搏一下也不是什么坏事。不过,我这里只能建议您做什么,至于怎么做,要靠您自己来决定了。"我说:"我好好想一想,想好了再做决定。"他立刻说:"好的好的。"

所有的医院都不能保证治好丘比特。因为丘比特是商品,法务省把我推到商品消费者中心,商品消费者中心又把我推给了律师。所有打过交道的人都很聪明,知道如何回答我的问题,因为他们熟悉一只小狗生命的重量。转了一圈,我只剩下绝望了。

二十六 一个人从来也不会是百分之百的痛苦

忙着给丘比特找动物病院的时候，不知不觉地过去了一个多月。期间，妈妈来了几次电话，问的都是丘比特的事。但是，即使我说实话，跟她隔山隔海的，也不过就是多了一个人担心丘比特而已，我总是说丘比特蛮好的，能吃能喝能睡，但到底还是没说"能拉"这个词。她问起排便的事，我就说一天比一天好。教练平时去学校上班，休息天去精神病院看望海沫。问他海沫的状态如何，他都说感觉不错。他每次去看海沫，海沫的身边都有跟医生和护士。最近的那一次，当医生跟他谈到海沫的近况以及治疗和计划时，特地征询了一下海沫的意见。海沫说话的样子似乎跟平常人没什么两样了。据海沫自己说，已经有好长时间没有出现幻觉了。

天气一点点变暖的时候，高见院长来电话，说他可以为丘比特介绍东京大学附属动物病院，不知道我们是否愿意带丘比特到那里去治疗，如果我们愿意的话，他马上写推荐信。我还是第一次听说东京大学有附属动物病院。教练告诉我，那里是通过对动物的治疗，为学生和研修医提供教育机会，同时进行所谓的诊断、治疗以及预防等研究。因为是这个目的，那里只接受地方病院推荐而来的动物患者，百分之百都是地方病院治疗不了的那些病。病院位于文京区，离教练就职的学校很近，我跟教练商量的结果，决定由他请一个上午的假，先开车带丘比特去病院，然后直接去学校上班。

结果教练来电话告诉我丘比特又住院了，东京大学附属动物病院建议给丘比特再做一次整肠手术。我问他为什么没有拒绝。他说他也觉得丘比特连着做三次手术确实可怜，但这次是东京大学，手术成功的可能性比较大。手术的日期已经决定了，就在明天。他还说他明天会利用午间的休息时间去病院看望丘比特。其实明天我选修的课在上午，下午完全有时间去病院看丘比特，但是我不打算去。一想到前两次的手术都失败了，我就会恐惧得不得了。

在随后的一个星期里，我跟教练就许多事情做了相谈和准备。比方说丘比特的手术失败了怎么办？海沫月末出院后怎么办？

教练一连几个晚上有事，回来得都很晚。我跟龙介在居酒屋喝了一次酒，跟他聊的两个小时很畅快，把心中的郁闷都发泄了。从居酒屋出来后，他一直把手搭在我的肩膀上。摇摇晃晃去车站的路上，他说他想去MIX酒吧，还让我跟他一起去。我回答说："不。"除了妈妈和教练，就他对我最好了。我跟他的关系跟兄弟姐妹差不了多少。有了他，我觉得根本不需要找其他人做朋友了。

表面上看，教练的样子似乎跟平时没什么两样，但他现在是我跟海沫以及丘比特三个生命的中心，他的压力应该是很大的。我试图帮助他，或者安慰他，但能做的就是在他出门去上班的时候说一声"早点儿回来"，然后在他回来的时候说一句"你回来了啊"。有时候，我会给他一个小小的惊喜，就是会参照菜谱做一道色香味都不错的菜。

加缪的小说《局外人》里，那个主人公的妈妈对主人公说，一个人从来也不会是百分之百的痛苦。这话也许是对的，因为新的一天来临时，早上我睁开双眼，发现怀里还是有哆哆嗦嗦的希望。其实，教练也跟我谈起过一个很模糊的计划，想在千叶的木更津买一个小别墅，让海沫住在那里，我们每个周末带丘比特过去。他说那里有像镜面一样的大海，有黄金颜色的沙滩，有冒着热乎乎泡沫的温泉。他相信我会喜欢那里的环境。

我没说好,也没说不好。因为这个计划对我来说是无所谓的。对我来说,只要能跟教练在一起,在哪里的感觉都一样。只是我原来以为他会在伊豆买别墅呢。

不久,东京大学附属动物病院的观察结果出来了。虽然做了整肠手术,丘比特还是在排大便的时候会发出痛苦的号叫。兽医对教练说:"如果想丘比特在排便时不痛苦,又不肯摘掉肛门的话,只剩下最后的一个手段了,就是在丘比特的肚子上装一个人工肛门。"

兽医让我们好好地想一想,决定装人工肛门的话就通知他们。其实没什么好想的,因为我跟教练对动物医疗一窍不通。商量做不做人工肛门的时候,一种非常大的痛苦笼罩并支配了我们。教练问我是怎么想的。我回答说:"只要丘比特不痛,其他的都可以不在乎的。"他说:"我也是这么想的。"我问:"摘肛门和做人工肛门有什么不同?"他回答说:"不知道。但以我的想象,人工肛门就是在丘比特的肚子上开个眼,把原来接在肛门上的肠子接到那个眼上。"他对我说:"其实我们最受不了的是丘比特疼痛时的号叫声。"我说:"是。"他说:"如果把肛门摘了,或者做人工肛门,大便直接从肠子里流到外边,丘比特就不需要用力气了。不用力气,丘比特就不会痛了。丘比特不号叫了,我们也就不用受折磨了。"我说:"是。"

他说:"真想马上结束这种折磨。说真的,每次看丘比特排便都觉得它是在遭受酷刑,而自己也在承受拷问。"我感到心力衰竭,对他说:"我也觉得丘比特每次排便都像是在受难,心如刀割。实在太煎熬了。"然后,我们在摘肛门和做肛门之间犹豫了一阵,最后决定放弃摘肛门而选择做人工肛门,理由很简单,因为做人工肛门的是东京大学附属动物病院。

第二天,上完课后我没有回家,而是去图书馆,找了几本跟人工肛门有关的书,研究了两个小时。从图书馆出来,我去大学附近的公园,在椅子上坐了很久。我一直望着天空。天空碧蓝碧蓝的,飘着白色的云。蓝天白云,普通得不能再普通了,但有一朵云的形状,怎么看都觉得像丘比特在奔跑。

回家的时候,我在路口遇到了夏目。寒暄后她问我怎么最近又看不见丘比特散步了。我跟她说,为了挽回医疗事故带来的后遗症,丘比特后来又做了两次手术,但都没有成功,所以我们听兽医的意见,打算给丘比特做一个人工肛门。她很惊讶,说前一阵看见我牵着丘比特在公园散步,以为丘比特没事了呢,没想到问题又严重了。她开始感叹丘比特可怜。我本来是在忍的,但是没有忍住,眼泪一下子就冲出来了。她看上去不知如何是好。我一边哭一边说:"当初不出医疗事故的话,丘比特现在应该非常幸福,而我们也不会有这么痛苦的体验。我以为我已经原谅高见院长和他的病院了，但现在发现没有，而是更增加了怨恨。"一定是我说话时的样子很可怕，她吓得倒退了好几步。

跟夏目再见后，我很难为情，觉得自己失态了。我想她一定会觉得我刚才的发言很愚蠢。前面已经说过了，虽然丘比特有神经，有感觉，但在当下的日本，丘比特是被社会定义为商品的啊。我真的不明白丘比特为什么是商品。如果真是商品的话，我可以退货或者再去买一个新的，但不可能有一只跟丘比特一模一样的小狗了。自从丘比特走进我跟教练的生活，它就成了我们的孩子，成了家族的一员。送丘比特去动物病院做绝育手术是几个月前，那时它还好好的，跑起来活蹦乱跳的，我得气喘吁吁地跑步才能跟得上它。过去了的岁月，现在的岁月，命运真的很荒诞。

教练又跟我说了另外一件事：他教过的一个学生，大学毕业后在埼玉县新座市开了一家印刷装订公司，因为仓库里进进出出的书很多，想雇一个人专门进行整理。他把海沫的事跟学生说了，希望学生能让海沫去仓库整理书。考虑到海沫有病，他建议学生先试用一个阶段，至于条件和工资，就作为临时工，按照埼玉县的最低标准给钟点费好了。他认为让海沫在知根知底的地方做一点工作，可以给他提供一个回归社会的机会和环境。

　　教练的学生同意了。但这样的话，在海沫出院之前，教练要在公司的附近给海沫租一间公寓。这是这两个月来我听到的最好的消息了。他还主动跟我提到东京大学的事，说海沫出院后，如果病情不稳定的话，准备跟大学提出退学了。他现在最希望的是海沫的自立。说到他的学生，他说名字叫中村，虽然结婚的时间不长，但已经是三个孩子的爸爸了。我问那个学生的三个孩子是不是"年子"。他说是。"年子"，就是同一个妈妈每年都生孩子，孩子跟孩子挨肩儿，只差一岁。我想中村肯接受海沫，可能跟他是三个孩子的爸爸有关系吧。

　　丘比特也好，海沫也好，展望未来的话，能看到的都是明亮的曙光。两个月以来，我还是第一次在夜里有了想拥抱教练的愿望，并觉得身体上想要他。

二十七 两个人的力量总比一个人的力量要大

月末的前一天,家里的信箱里有一封东京大学附属动物病院的来信。说是来信,信封里其实是丘比特的整肠手术费、人工肛门装着费以及当月住院费的通知。此外还有一张在便利店就可以付钱的转账单,支付的期限是明天。丘比特已经装好了人工肛门,因为要观察一段时间,还不能出院,但医院的会计是每个月的月末结算。丘比特这一次的医疗费是五十六万元。真不知道动物的医疗费为什么比人的医疗费还要贵。但是,关于医疗费,贵本身并不是问题,问题是用钱的事全部都赶在一起了。给海沫找公寓,连礼金,带押金,带当月的房租,加上购置一些必备的日常用品,教练刚刚花了几十万元。明天海沫出院,他又要支付一大笔医疗费。他手上本来是有一点存款的,但因为海沫先后换了好几次公寓，加上房屋的损害赔偿，再加上丘比特的医疗费，已经剩下不多了。直觉告诉我，他大概被明天必须支付的两笔费用困扰着。

说过好几次了，我跟教练从心里把丘比特看成是我们的孩子。实际上我在招呼丘比特的时候总是说："丘比特，到妈妈这里来。"或者说："丘比特，到爸爸那里去。"所以事情既然跟丘比特有关，我当然愿意尽所谓做母亲的那一份力量。但是，以我现在的情形来说，能想到的唯一的办法，就是跟妈妈实话实说，让妈妈拿出钱来帮助我们了。我能想象得到，当妈妈知道了这么多的意外，而且发现我一直瞒着她的话，肯定会大吃一惊。但我相信，即使妈妈不愉快，肯定也会拿出钱来帮助我们。理由很简单：我想跟教练生活在一起，而妈妈想跟我生活在一起。

教练说什么都不同意我跟妈妈开口要钱。他不想给妈妈添麻烦，并认为车到山前必有路，肯定可以找到解决的办法。我对他说："丘比特的医疗费是金钱问题。现在这个时代，很少有人借钱给他人了。你没听说过这句话吗？借钱给他人的时候，最好觉悟那钱是给了对方的。再说了，与其麻烦他人，不如麻烦自己的家人。有能力帮助我们的话，妈妈也会高兴的。"他低着头想了很久，对我说："关于这件事，先不要惊动妈妈，我想先跟动物病院周旋一下，争取用分期付款的形式来支付丘比特的医疗费。病院肯定会同意的。"我想这是他深思熟虑后做出的决定，就没再坚持找妈妈帮忙。但是我对他说："我打算找一份周末的临时工。一个月怎么也能赚个几万元。两个人的力量总比一个人的力量要大。"他说："你不要勉强自己找工作，因为你是学生。对一个学生来说，最重要的工作就是好好学习。"结果我还是找了一份工作，利用在妈妈那里学来的中国语教日本人。我工作的外国语学校里有一个名字叫井上的日本人，在中国读的硕士和博士，说得一口流利的中国语。他对我说："你们这些在日的中国人二世，在教中国语和翻译方面最厉害了。对你们来说，虽然日语是母语，但中国语跟母语差不了多少。"他说的是真的。很多中国人家庭的孩子，从会说话的时候开始，就能同时说日语和中国语，得天独厚。

　　我跟教练一起吃的晚饭。他将意面吃得一根不剩，然后将空盘子收掉，顺便冲了两杯热茶端过来。饭后喝一杯茶或者咖啡，是我们的生活习惯。我喝了一口茶，舌头被烫得生痛。他坐到我身边，握住我的手，忽然跟我道歉。他说如果不是跟他在一起的话，我一个二十一岁的女孩，正是跟风华正茂的男孩谈恋爱的时期，人生会简单很多也浪漫很多。因为他的原因，我小小的年纪，却体验了中年人才会有的苦难和荒凉。他想知道我有没有后悔跟他在一起。我卷了卷睡衣的袖子，告诉他不后悔。他说如果我觉得后悔的话，他可以搬到刚刚给海沫租的公寓去。

说到那个公寓，只有一室一厅，建筑年数久的原因，浴室和厕所等设备都很陈旧。说真的，我还有点儿担心海沫能不能在那个公寓住下去呢。我一声不响地看了教练一会儿，笑眯眯地给他讲了一个故事。有一个母亲，告诉她女儿，爱其实是时机而已。于是她女儿从这句话里感悟到，爱不是找一个离不开的人，而是跟煮鸡蛋的感觉差不多。他对我说："我想象不出煮鸡蛋的感觉是什么。"我回答说："我也想象不出煮鸡蛋是什么感觉，但煮鸡蛋的感觉不过是一种表述吧，形容爱其实有很多种方式。就说我自己吧，我喜欢自由的无所期待的爱，只要跟喜欢的人在一起就满足并快乐了。"我说的是心里话。虽然海沫和丘比特的身上发生了那么多的意外，但我跟教练的关系好像一棵大树，有根有枝有花有馨香，什么都有，很奢侈。我问他："此外，你觉得我还应该期冀什么呢？"他沉默下来，一声不响地看了我好久，开口后只说了一句话："谢谢。"我没有回话，已经没有什么好说的了。

之后，教练一声不响地抱着我。我说我一辈子都要跟他生活在一起，还说大学一毕业就去役所办理结婚手续。他说好。

我觉得机会来了，于是央求他："我想借新婚旅行的机会去意大利看看那个有名的比萨斜塔。"他问："为什么是比萨斜塔呢？"他跟海沫的妈妈在分居前特地去意大利旅游了一次。他们去了比萨斜塔。糟糕的是，知道了这件事后，我一直想跟他一起去那个比萨斜塔看一看。我也不知道为什么要这么想。有时候我会想，如果他跟海沫的妈妈去的是其他的什么地方，我会不会也想跟他一起去其他的什么地方看一看。这样的理由我当然不好意思说出口，就回答说："我只是觉得奇怪，从照片上看，那个塔斜得很厉害，给我的感觉是随时都会倒下去。但从建立到现在，已经过去了八百多年的时光了，塔还是没有倒下去。怎么说呢？我觉得那个斜塔很像眼前的现实生活。"

教练告诉我，比萨斜塔之所以不倒，有内外两方面的因素。内部因素好像跟塔的下面的土层有关，是由各种软质土层的沉淀物和非常软的粘土相间而成的。而比萨斜塔的建筑结构本身很坚硬，两者配合便产生了"动态土壤——结构互动"的现象。外部因素是人为的修复，通过填埋重物以及挖掘倾斜对侧土壤的方式，将比萨斜塔扶正了大约四十厘米。对他的解释我似懂非懂，但实际上，懂不懂对我一点儿都不重要。他还说比萨斜塔虽然很有名，但是花钱买入场券，去比萨斜塔的顶上，才能体会到最美的其实是俯视下的街景。他这样形容那景色："橙色的屋顶和绿色的树构成鲜明的对比。"我站起来，比萨斜塔似的倚在他的身体上，问他："我们现在的样子，是不是就是结构互动呢？"他笑了起来。

睡觉前，教练让我陪他去附近的公园走一走。上一次到公园是跟海沫一起，所以我猜他对海沫明天出院的事有些紧张。我尽量不说话，只是紧紧地挽着他的胳膊。公园里只有我们两个人，树跟树之间漆黑一片。突然有一只猫尖叫着从草丛里跳出来，后面紧随一只狐狸。早就听说东京的公园和街道有狐狸、白鼻心、鹿以及野猪什么的出现，但亲眼目睹还是感到非常惊讶。猫跟狐狸消失后，公园重新变得空无。黑暗中风的声音特别大，空气凉飕飕的。我想早一点儿回家，可是当我们走近公园的大门，他向左转，又回到了刚才的散步道。

第二天，我跟教练一起去精神病院。他想一个人去住院处办手续接人，让我坐在车里等他，但我坚持跟他一起去。他问我："你不害怕吗？"我挥了一下手算是回答。我走在他的身边。今天他穿了一套深灰色的西装，系了一条藏青色的有着白色条纹的领带。他带我去病院的收费窗口，说交了钱才能去住院处领人。收费处坐着一个年轻的女孩，听说我们是今天出院的依田海沫的家属，很客气地把早已经准备好的单子递出来。我们已经知道三个月的住院费不会太便宜，但还是被惊呆了，竟然要两百多万元。教练对女孩说："有点不好意思问这种事，即使有国民健康保险，收费也会这么高吗？"女孩让他等一下，然后低头查阅了一会儿手头上的那些资料。她抬起头，对教练解释说："依田海沫住的是精神科救急病栋，每个月平均一百零六万元左右。"教练问："还有其他的病栋吗？"女孩说："精神科急性期治疗病栋的费用会便宜一半。精神科一般病栋就更加便宜了。"然后她说了一大堆，我能听懂的就是医师和看护师人员的配置比较多，然后记住了几个单词，比如投药、麻醉、出院指导等，完全不理解她说的是什么。

第二天我上网查了一下有关精神病院住院的一些常识，原来仅仅是住院就分为任意住院、医疗保护住院、应急住院和强制住院。任意住院和强制住院用不着解释，海沫的情形属于医疗保护住院，说明白点，就是经精神保护指定医的诊断，出于医疗和保护上的需要，家属代替患者同意住院进行治疗。海沫住院时，也许是教练没有注意听医师的说明，或者注意听了但是没有理解那些细微的差别。海沫每天喊"要杀要杀"的，给人很危险的感觉，所以医师判断他应该住精神科救急病栋的吧。反正在女孩说了这么多以后教练已经无言以对，他诚惶诚恐地让女孩等一下，说是去银行取现金，马上就返回来。

我跟着教练回到停车场。一坐到车上他就开始打电话。我问对方是什么人。他说是他妹妹。我知道他有一个妹妹在大阪，但是从来没有见过面。电话接通后，他开门见山地说："海沫今天出院，没想到要交两百多万元，知道是给你太麻烦，但拜托你救急一下，能借给我一百万元吗？"我听不见对方的回答，但他很快挂掉电话并吐了一口很长的气。他把银行账号用短信发给妹妹，然后告诉我，病院内就有ATM，但妹妹打钱过来需要一点儿时间，先在车里等一等。车里的空气很凝重，我不说话，一声不响地看着窗外。虽然是精神病院的停车场，但车的数量之多令我惊讶。早听说这个时代有很多精神病患者，看来是真的。等钱进账的时间里，有那么一刻，我甚至忘记了海沫正在等我们去接他回家的事。我觉得时间过得很慢。

感觉过了很长时间了，但教练还没有接到妹妹的通知电话。一定是我的样子非常不安，他安慰我，说他妹妹要去ATM或者银行才能把钱转到他的账号上。我看着他说："担心归担心，但万一妹妹不借钱给我们的话，我会拜托妈妈。"他拍了拍我的手说："我了解妹妹的，不会有问题的，你就放心吧。"说完他突然笑起来，俯身将他的嘴巴凑过来。

教练的妹妹真的来电话了。我很高兴，觉得心里有一件很重的东西落下去了。教练又劝我留在车里，说他一个人去接海沫。我已经完全放了心，于是就答应了。他急匆匆地朝病院走去。

我一个人坐在车里，发现停车场的下面是一条坡路。一个男孩一边走一边抢着手里的塑料袋。更远处就是病院白色的大楼，从外边看不见想象中的栅栏。但就在这时，也许是男孩的原因，我突然想起海沫的事情来。因为他的原因，教练被折腾了这么多年，我感到一阵意料不到的冲动。是的，盼望海沫死去的想法风一样吹过我的脑海。冲动持续了一秒钟，或者是两秒钟，一瞬间而已，马上就消失了，我甚至都不能确定自己的身体是否会记得这一瞬，因为这个想法并不真正属于我。但我全身都绷紧了，感到自己非常非常可怕。无论是想海沫跟教练的事，还是自我责备的事，都让我心烦意乱。我闭上了眼睛，但不管事，脑海里浮游着海沫的面孔。还有，海沫的声音从四面八方响起，冲击着我的耳朵。

二十八 说不清令人难受的东西是什么

海沫的脸色比以前更加苍白。虽然他还是穿着住院时的那身衣服,但看起来身体比住院前小了一大圈。他的样子给我的感觉是衰弱、飘忽、木然。我从车里出来跟他问好。他好奇似的看了我一眼,紧闭着嘴唇,竭力朝我点了一下头。教练让海沫先上车,随后我们也钻进车里。海沫坐在教练的旁边,我一个人坐在后排的座位上。教练嘱咐海沫系安全带,于是他用手抓住安全带头部的锁舌沿着身体往下拉,但花了很长时间也没有将锁舌扣到搭扣中。他的手很纤细,皮包骨,不断地抖动着。最后,是教练帮他将锁舌扣到搭扣中。将这一切看在眼里的我,觉得很不舒服,心里生出了一种情绪,一种忧伤疲惫的情绪。有一种东西令我感到难受,但我又说不清那东西是什么。好几秒钟以后,我才觉得缓过劲来。

一路上我都在数能看得见的便利店，有几次忘了是第几个，于是再从头数。因为堵车的原因，到海沫的公寓时，已经是两个小时以后了。教练先下车，然后是我跟着下来。轮到海沫下车，他迟迟解不开系在身体上的安全带。一个小学生不费吹灰之力就能做到的事，对他似乎非常艰难。教练想去饭店吃套餐，被我阻止了。路口有一家便利店，我们穿过小街走进去。店铺虽然狭窄，但我们想买的饭团、香肠和罐装绿茶都有卖的。

看上去破败不堪的公寓在二楼，公寓没有电梯，楼梯窄得只能并行两个人。我走在教练跟海沫的后面。房间里有几样东西，电视、方桌、四个无腿座椅，但都是旧物，听教练说，这些旧物是中村家已经不再使用，收在仓库里的东西。榻榻米上的被褥和枕头是新买的。本来，我以为教练还会给海沫买游戏机的，但是没有买。可能有一段时间没换气的原因，屋子里的空气有一股酸梅的味道。我打开窗，让新鲜的空气流进房间。我们在无腿座椅上坐下来，开始默默地吃饭团。海沫吃得很慢。从医院出来后，我所看见的他的所有动作都像慢镜头，他的反应也很迟钝。我想是投药后的副作用。悲戚感蔓延在我身体的各个角落。我故意吃得很慢，为的是不用跟他说话。

吃完饭，教练带我跟海沫去中村的印刷厂。他走在最前边，他的后边是海沫，海沫的后边是左顾右盼的我。街路不能说宽敞，杉树站成两排。尽头中村的印刷厂给我豁然开朗的感觉。说是印刷厂，其实是很大很大的一幢旧式开放型平屋，有一种奇妙而深邃的空间感。离大门口最近的房间做办公室，里面的几个房间做书库。建在院子里的仓库里有几台印刷机和装订机。教练跟我说过，中村的公司是家族公司，所谓社员就是他自己的父母和妻子。他妻子不怎么出勤，大部分时间在家照顾三个孩子。我一眼就看出他父母的年龄已经超过六十岁了。按理说，六十多岁的人不可能有中村这么年轻的孩子，所以中村应该还有哥哥或者姐姐。今天他的妻子不在，他父亲头上缠着一条毛巾，很亲热地跟我们打招呼。他母亲还握了教练的手，握了很长时间。对他父母来说，教练依旧是中村的老师。这一点永远都不会改变，甚至随着时间的流逝，敬意也会跟着变深。海沫一直站在教练的身边，只有他眨动眼睛的时候，才会觉得那张呆怔的脸是有生命的。

中村让我们跟他去书库，他一边示范一边跟海沫说明整理书的方法。海沫拿书的时候，手依然抖动得很厉害。不仅是我，教练和中村也都看在眼里，但这就好像大家心中隐藏的秘密，谁都不提一个字。

中村让我们去他的办公室坐一会儿，他母亲还给我们冲了茶。也许是刚才海沫的样子触动了教练，他开口跟中村道歉，还说权当让海沫在中村的身边积累点儿经验，工资也不用考虑了。中村看了海沫一眼，先是迟疑了一下，然后说："这个问题用不着担心。这么说吧，我们公司可以跟政府申请企业鼓励金。"我在大学刚听过一次有关福祉方面的讲座，知道企业鼓励金是怎么回事。东京都也好，埼玉县也好，都有很多个目标，其中有一个共同的目标，就是使自己的地区能够使所有人，哪怕是有身心障碍的人，也能拥有希望和价值，能够活跃在人生舞台上的社会。为了这个目标，政府对那些雇用身心障碍者的企业提供鼓励金。当然，从雇用，到劳动时间，到工资，都有很多具体的规定和条件。中村的情况是，只要他的公司连续雇用海沫六个月以上，并且遵守那些规定和条件，每年大约可以拿到一百八十万元的鼓励金。也就是说，雇用海沫的话，对中村的公司也有实利。问题不在中村，我担心的是海沫能不能在中村的公司坚持干六个月。他现在就呆呆地坐在教练的身边，好像中村跟他爸爸的谈话与他一点儿关系都没有。

从中村那里出来，教练带我跟海沫去电话公司，给海沫买了一台新手机。不管怎么说，海沫的事总算告了一个段落。事实上，之后的一段时间内，我还真的没有从教练那里听到有关海沫的任何烦恼，偶尔我会问他海沫好不好，工作得怎么样。

他的回答都是"好"。我以为所有关于海沫的烦恼都结束了。在我的想象中,教练总算可以转个身,可以有说有笑的了。但是我错了。现实很快告诉我,教练的苦难刚刚才开始起步,等待他的状况越来越糟糕,以致于不可收拾的地步。

二十九 生不如死与安乐死

教练去东京大学附属动物病院接丘比特出院时，关于如何给人工肛门装粪袋，兽医师对他进行了很详细的指导。回家后，他又传授给我。换粪袋的时候，为了防止皮肤腐烂，必须用温水将造口附近的皮肤洗干净，干燥后涂上氧化锌软膏。然后将粪袋口对准造口盖严实，再用专门的胶布封上。袋囊贴紧皮肤向下，用弹性袋将粪袋束在腰间。松紧要适宜。

丘比特回家的当天夜里，一阵窸窸窣窣的声音把我跟教练弄醒了。打开电灯，发现贴在丘比特腰间的粪袋有一半已经从造口上脱落下来，而丘比特发疯似的用嘴巴咬着袋囊，另外的一半马上也会被撕下来。两个人同时跳下床，教练抱着丘比特，我负责贴粪袋。一边剪胶布，我一边埋怨粪袋的尺寸太大。教练说日本没有制造小狗用的粪袋，丘比特只能使用人用的粪袋，大是必然的。我很惊讶，对教练说，美容加上医疗，全日本有数不过来的动物用品，竟然没有一个生产粪袋的厂家。教练回答说，全日本恐怕也没有一两只装人工肛门的狗。

睡着的时候感觉不到，一旦醒来，立刻意识到满房间都是大便混着消毒水的气味。换粪袋的时候，因为担心不小心搞痛丘比特，怕它会叫，怕它的叫声会影响到邻居，所以不敢开窗。贴完粪袋后，教练会把窗户全部打开，夜晚的空气虽然凉，但是很清新。不过，我并不厌恶这气味，因为它令我心生安慰，就像汗液的气味，给我活着的感觉。换完空气，刚睡下，我们又被一阵窸窸窣窣的声音弄醒了。打开灯，发现刚刚贴在丘比特腰间的粪袋又掉下来了。这样反复了几次，丘比特都不用教练抱了，自己会乖乖地侧身躺着，将人工肛门的造口朝上。无论我们贴多少次粪袋，用不了多长时间，肯定就会掉下来，没完没了似的。但这不是最严重的问题，令我沮丧的是丘比特腰间的造口，因为不断地贴胶布，周边的肉变得血淋淋的。好几次，我忍不住抽抽搭搭地哭起来，教练似乎也没有心情安慰我，在一边不断地唉声叹气。一夜过去后，我跟教练都很累，腰酸背痛，觉得精疲力竭。我看着丘比特，对教练说："现在我认为，给丘比特装人工肛门是一个非常错误的选择。现在，它的样子看起来惨不忍睹，真是生不如死。"

白天，我跟教练都不在家的时候，只好把丘比特关在围栏型的笼子里。我在外边也不安心。丘比特没事的时候，没有选修课时，我经常会跟同学去下北泽的古着店买衣服，或者去原宿以及涩谷等繁华街瞎逛，而现在基本上是径直回家。一回到家，我先是收拾被丘比特甩得到处都是的大便，然后再给它装上新的粪袋。一个星期下来，在大学上课的时候，我基本上都是昏昏大睡。

不久，我跟教练发现丘比特生了一种皮肤病，浑身都是紫色的血疙瘩和白色的藓。带丘比特去动物病院做检查，兽医说原因是丘比特大便里的细菌。虽然换粪袋时我们极力小心给丘比特的伤口消毒，但因为粪袋一直会脱落，大便里的细菌还是浸染到丘比特身体的各个地方。我问有什么办法。兽医想了想，没想出什么办法，说除了涂消炎杀菌的药膏，只能尽可能多给丘比特洗澡，保持身体的清洁。

这样的生活过了一个月。对我跟教练来说，每一天每一夜都过得十分艰辛。唯一的安慰是，丘比特在装了人工肛门后，再也没有发出过痛楚的号叫。夜变得非常长。一个月后，我去大学的时候，站在电车里都会睡着。从这个时候开始，我满脑子都在寻找解脱的办法。实际上，谁也不知道，我的脑海里偶尔会冒出给丘比特"安乐死"的想法。不过，这只是我的一个想法而已，到底我是没有勇气面对这个问题的。

有一天，龙介来电话，问我为什么这么长时间都没有动静了。我告诉他我就快死掉了。他让我别开玩笑，然后很担心地问我遇到了什么事。我说正好就一件事想跟他讨一个主意，因为我实在下不了决心，但又无法控制自己不去想。他让我说说看。我迟疑了一下，把一个月来丘比特的惨不忍睹、生不如死和我跟教练的精疲力竭、痛苦不堪描述了一遍。

龙介很感叹，说人和狗都"够受的"，最后还加了一句"真是不幸"。我对他说，虽然我一直憎恨高见院长和他的动物病院，但现在我还憎恨我自己。他问为什么。我反问他的家族里有没有过丘比特这样生不如死的病人。他想了想，回答说有过。我又问他有没有希望这样的病人早一点儿解脱。他说他家里都是医生或者医疗工作者，不到最后的一刻，绝对不会放弃生命。我叹了一口气，说我现在很想丘比特早一点儿解脱。我替自己解释，说自己的心情也很复杂、很难受。他不说话，我知道他是在等我说下去。我就告诉他，最近我会不由自主地想，丘比特的人工肛门对我跟教练到底意味着什么？它就像一个无底的深渊，我们把所有的力气投进去，但是填不满，连时间也投进去，但还是填不满。如果现在的情形再坚持下去的话，可能就要将我们的生活也投进去了，而这意味着两个人的生活被毁掉。

东京大学附属动物病院治疗的结果是这样的话，对其他的动物病院更不会抱有期待了。说到底，我打算给丘比特做安乐死。

　　龙介说他明白我的意思，但是想知道教练就这件事是怎么想的。我回答说："丘比特是教练送给我的第一个礼物，从某种意义上说，就是我们之间的第一个孩子。我怎么可能跟他说这么残酷的想法呢？正因为没有办法跟教练说，所以才跟你讨主意啊。"他沉默了一段时间，说他不能这么简单地决定丘比特的生死问题。他要我别匆匆决定，也给他一点儿时间想一想，看看能不能找到根本性的解决方法。他说他会尽快找个时间来我家看看丘比特。我答应了。放下电话前，他对我说："我了解你，如果你真做了那样的选择，可能一生都得不到安宁了。因为你是菜菜子。"他这么说，我的眼泪就流出来了。我问他说的是不是问心有愧。他回答说："你用不着明白答案。"

三十 真是一波未平一波又起

有一个陌生的女人给教练打电话,说自己姓安口,是海沫的邻居,就住在海沫的隔壁。现在是个人电话属于私人情报的时代,不知道她是从哪里搞到教练的电话号码。她跟教练说了一大堆她家里的事。她有老公和一个孩子,她的老公有抑郁症,她的孩子刚刚出生了几个月,她自己的身体也不好。

刚开始,教练不明白她为什么要跟自己说这么一大堆事,这些事情都跟他无关,但到后面她就说起了海沫。她说海沫经常在夜深人静的时候发出奇声,而那个公寓很旧,根本就不隔音,所以海沫每次叫的时候,好像就在她的耳朵跟前叫似的。她还说她不敢带孩子出门,因为海沫经常出没在楼梯或者公寓的附近,说一些不明所以的话。尤其令她感到恐怖的是,海沫会长时间地盯住一个地方,嘴里不断地喊着"要杀要杀"的。

万一真的出现了什么意外的话,她抱着孩子,想跑都跑不动。

教练跟安口说对不起。安口先是很凶地说:"只说对不起并不能解决我跟丈夫所面临的问题。我丈夫本来就有抑郁症,因为你儿子的原因,晚上根本睡不了觉,所以白天也无法工作,结果被公司解雇了。"接着安口开始哭起来,一边说:"我自己的身体也不好,加上孩子又小,没有办法代替丈夫出去工作。现在呢,我家里已经没有生活的资金了。这种状况是你儿子造成的。我本来想起诉你儿子,通过法律让你儿子对我们做出赔偿,但最终决定通过和解来解决这个问题。"她特地补充说:"如果你不愿意配合我们的话,我们也不在乎动用律师。"她要求教练马上过去跟她见面,因为有些事情还是当面谈比较好。

放下电话,教练坐在饭桌前的椅子上叹气。我问他怎么想。他说先过去跟安口谈一次。我对他说,海沫骚扰了她和家人确实令我们觉得非常抱歉,但她找律师也没用,因为海沫有精神上的疾病,在法律上属于不具备赔偿能力的人。再说我不喜欢她将所有的不幸都推在海沫身上。他说他心里明白安口是在借机敲诈勒索,但海沫给她和家人带来麻烦也是事实,即使在礼仪上,也应该过去跟她和家人道一声歉。我觉得他说得对。不过,听到安口家的情形,再想想教练的现状,我觉得每个人似乎都在承受着虎视眈眈的压力。做一个成年人太不容易了。生活太不容易了。

教练急急忙忙地开车走了。令我感叹的是，他最近的运气太不好了。真是一波未平一波又起。

不知道什么时候我睡着了，教练回来的时候又把我吵醒了。我问他跟安口谈得怎么样。他说很真诚地道歉了。我还以为事情到此就算结束了呢。在这之前，我一个人为丘比特贴了两回粪袋，也很抑郁，很困，所以也没再多问什么。第二天晚上，没想到安口又在相同的时间来电话，跟昨天一样，又让教练马上过去跟她面谈。我问教练昨天有没有带礼物去。他说有。既然如此，我说假使是我的话，就不再去见那个女人了。他问为什么。我说安口软硬兼施，目的她自己也说得很清楚，就是要钱啊。我让他坐下来喝一杯茶冷静冷静。他喝了茶，心情仍旧不安。我给他出主意，今天先不去见安口，明天跟律师咨询一下，看看这种情形怎么做才对双方都好。如果需要赔钱，也要问清楚赔多少钱。他觉得我的主意好，马上给安口打电话，说今天先不过去了，至于什么时候能过去，再打电话联系。安口一下子就火了，说如果教练不马上过去的话，明天就叫律师出动。他生硬地回答说："好吧。请让你的律师联系我吧。"

我还是第一次看教练这么生气。放下电话，他对我说："没想到安口这么不近情理。"但过了一会儿，他又说："安口这么着急，是不是真的吃不上饭了。大人没有关系，小孩子就可怜了。"我说："不然的话，先送几个钱过去吧。"他问送多少比较好。我说三万元。于是他开着车走了，又是很晚才回来。我问安口收了三万元没有。他说收是收了，但不满意。我问安口想怎么样。他摇了摇头，说安口张嘴要五十万元。然后他看着我不说话。我也看着他不说话。过了一会儿，我叹了口气，对他说："我们尽力想让安口满意，但看来她拿不到五十万元会誓不罢休的。问题是，即使给她五十万元，她也会马上用光的。用光后她也许会再跟你要钱，那时候你该怎么办啊？我想这事还是跟律师问清楚吧。"他说好。夜里，他似乎辗转难寐，床咯吱咯吱地响了好几次。

教练去学校上班，我利用午休的时候给一家律师事务所打电话。因为只有三十分钟的免费相谈，所以我长话短说。晚上，我把律师的话转告给教练。大致的意思是，虽然教练是海沫租的房子的保证人，但如果海沫的问题是出在房租上，那么教练有责任把欠不动产的租金还清。但现在的问题跟房租无关，所以就跟教练也无关。如果安口觉得海沫吵，她可以跟不动产相谈，让不动产出面劝海沫安静下来。不过，海沫有精神上的疾病，如果安口觉得海沫不安全，甚至危险到会危害她和家人的生命，她可以跟警察相谈，警察可能会和不动产合作，指示教练带海沫去精神病院治疗或者住院。也就是说，安口单纯想要钱的话，找律师也没有用。

律师的话，等于说不用去搭理安口，我跟教练应该松一口气才对，但事实上，我们一点儿也没有解放或者轻松的感觉。回过头想一想，如果当初给海沫租房子的时候，房间不在安口家隔壁的话，安口自然也不会追究我们。我能想象安口跟她丈夫见到海沫时的那份恐惧。我们商量了一下，决定还是给安口几个钱以表示内心的歉意。但是龙介听说了这件事，坚决反对我跟教练给安口钱。他说根本就是安口在借机敲诈我们的钱。按他的理解，即使没有海沫的问题，安口的丈夫也一样会失业，因为那个男人本身就患有抑郁症。再说了，因抑郁症失业的话，完全可以申请到伤病手当，那才是正正当当的行为。他嘱咐我，如果安口再打电话给教练，就让教练拒绝去见她，让她随便去找哪个律师好了。他还说这种人不值得同情，明明自己的老公也是病人，却要在其他的病人身上榨取钱财，真是不幸加上罪恶。

晚上，安口果然来电话跟教练要钱。教练告诉她，最多只能给她十万元。她说："那就叫我的律师跟你联系好了。"教练说:"好吧。就请你联系你的律师吧。"

我跟教练已经做好倍受打击的准备了,出乎意料的是,安口来电话的时候,以为又是开口要钱,但她用非常平静的语调说:"我丈夫在昨天夜里自杀了。已经死了。"教练"啊"了一声。她说:"打电话就是想通知你,我丈夫自杀了。"教练沉默了几秒,然后只说了一句话:"请节哀顺变。"

说真的,我跟教练不理解安口为什么要告诉我们她丈夫自杀的事。

虽然安口丈夫的自杀跟我们无关,但我感到心里有一份沉甸甸的悲伤。我还是第一次体会到这种陌生的悲伤。不过龙介说的是对的,安口的丈夫是因为抑郁症才失业的。现在,又是抑郁症使他失去了生命。当天夜里,有一阵我睡不着觉,想了很多问题。我觉得自己很幸福,因为我身边有温暖,有明亮的灯光。还有,虽然教练的人生出现了各种各样的问题,但他总是给我一种可以依赖的安全感。上高中时他作为篮球教练给我的感觉还在,每一个动作既明快又美丽,有一种充满生命力的平衡和从容。可能就是因为这个原因,他使我们球队在很多场比赛中一路打胜。最重要的是,我还有深爱着我的妈妈。

这是安口打给教练的最后一次电话,以后再也没有音信了。

她突然出现在我们的生活里，突然就消失了，我甚至都没有见过她的样子。不过，日后我偶尔会想起她，好像现在又感到那份沉甸甸的悲伤了。有时候我会后悔，责备自己为什么不早一点儿给她十万元，虽然我根本不能确定十万元是否可以留下她丈夫的生命。

三十一 海沫给教练的七十八条留言

安口的事情消停下来，过了好几天，我才敢向教练开口问海沫的事。我还要感谢安口，是她无意将"海沫的病又犯了"这一事实传递给我的。我觉得，海沫出院后再一度犯病，也许比最初犯病的时候，更加令教练感到痛苦。因为这会令他觉得失而复得了，但紧接着得而又失了。

跟教练在一起的时间不短了，一般的情况下，他不说的事，我也绝对不问。但这一次似乎有什么地方不对劲。我觉得他正在隐瞒某些东西。这里所说的隐瞒，就是他自我欺骗，对想逃避的东西视而不见。其实，自从看到海沫的手不断地抖动，我就意识到他已经没有办法工作了，至少一个阶段内没有办法工作。我试着在网上找一些跟他的病情有关的信息，了解到以他的状况，完全可以申请到精神障碍者手当和生活保护。就是从这个时候开始的,对教练的一些做法,我觉得有点儿困惑。教练为什么不帮海沫申请生活保护和手当呢?为什么宁肯不要工资也要让海沫去工作呢?事实上,我已经很委婉地问过他两三回了,但他的回答每一次都一样,总是说想给海沫一个复归社会的机会。我感到他在心里面始终都没有,或者说不愿意承认海沫有精神上的疾病。有时候我会想,他之所以把海沫安排到大老远的埼玉县新座,或许是有意将海沫藏到邻居和同事们看不见的陌生之地吧。但这么想又令我觉得对不起他,不如打破砂锅问清楚了。

"安口折腾我们的时候我没有意识到,但今天忽然想起来问你。"我用委婉的语气对教练说。他"嗯"了一声。我说:"按照安口所描述的海沫的状况,你觉得他现在还能在中村的印刷厂工作吗?中村的爸爸妈妈年纪那么大,万一海沫在他们面前也喊打喊杀的话,你觉得不会吓到两个老人家吗?"他不说话。我牵过他的手握住,看着他的脸,轻轻地叫了一声"教练"。他避开我的视线,闷闷不乐地说:"海沫根本就没去中村的印刷厂工作。"我问:"为什么?"他将手从我的手里抽出来,皱着眉头说:"我也不知道为什么。是中村这么告诉我的。刚开始的心情是,觉得自己的一番心意是对牛弹琴了。但刚才你提到中村的爸爸妈妈,我觉得他没去工作反而更好。"我很困惑，想问他今后有什么打算，又觉得这么问不太合适，好像在逼迫他做什么。

我抱起丘比特，说想给它洗澡，让教练帮我的忙。

给丘比特洗澡的时候，我的脑子里是一团纠结在一起的乱糟糟的问题。既然海沫没有工作，那么海沫的房租以及生活费，都是由教练在支付了。此外还有丘比特的医疗费，虽然动物病院同意分期付款，每个月也还是要支付好几万。还有教练借他妹妹的钱，也不可能不还。我真想问问他，这么多的花销，他是如何应付下来的。

用吹风机给丘比特吹身体时，我让教练扶住丘比特的脑袋，大着胆子问他是否知道海沫可以申请生活保护和精神障碍者手当。他的脸红起来，似乎不知道如何回答这个问题。我向他解释，说我本来也没想到生活保护的事，最先是想在家的附近帮海沫找一份工作，为的是方便我们照顾他，没想到上网查阅的时候，无意中跳出一个跟精神障碍者有关的链接，读了后发现海沫的条件正符合申请规定。他"哦"了一声。我感觉自己比刚才冷静了一些，于是怀着渴求对他说："规定中有一点令我吃惊，强调申请生活保护的人不能跟有生活能力的父母或者子女住在同一个城市。怎么会这么巧啊，刚好海沫现在的住址不是东京，是埼玉县的新座，你明天就可以去新座帮他申请啊。我是这么想的，政府每个月给海沫生活费的话，你的负担就会减轻很多。不要嫌我啰唆，我也是希望今后的生活可以井井有条，所以想大致定一个计划，比如给海沫申请生活保护，比如每个月还动物病院多少钱，比如每个月还妹妹多少钱，比如每个月给海沫多少生活费。还有丘比特，你知道的，那些粪袋和专用胶布都非常贵。"

一口气说了一大堆话，都跟钱有关，连我自己也觉得不好意思了。但教练看上去似乎听得很认真。他回答我说："妹妹那里，告诉我不用急着还钱，可以慢慢地还，所以我每个月不过还她几千而已。动物病院的钱应该还得差不多了，我想再有几个月就还完了。海沫那里，房租并不是很贵，埼玉县的物价也比东京便宜很多，我只给他够他生活的费用。丘比特这里怎么都能对付过来。你不是也在丘比特的身上花了很多钱吗？不过你说得对，如果给海沫申请生活保护的话，我就会减轻很大的负担。最主要，即便我有个三长两短的，也不怕他没有人照顾他了。"我说："怎么说到你身上了啊。干脆你明天就去埼玉县新座市的役所吧。"但他回答说："明天学校有一个很重要的会议，绝对不能请假。"他的话和表情，给我一种难以言说的感受，觉得他有可能是在应付我，这样的感觉使我抑郁。

周日，我跟教练正准备吃午饭，接到了来自埼玉县新座市某警察局来的电话,通知他海沫因为偷窃超市里的商品,被作为现行犯逮捕了。为了不弄错人,警察让他马上去警察局,目的是确认一下犯人是不是依田海沫本人。教练马上就出发了。我本来想跟他一起去,但是他让我留在家里照顾丘比特。他走了好长一会儿,我在沙发上看到了他忘记带在身上的手机。没有办法跟他保持及时的联系,我感到不安。

我从来没有偷偷地看过教练的手机,今天也不会例外。但是,他的手机画面上显示有七十八条留言电话。可能是七十八这个数字太大,我忽然很想听听给他的这些留言是什么内容,但又觉得偷听他的留言会难为情,因为我不应该这么做。

感到肚子饿了,我开始吃东西。吃完东西,觉得有点儿闷,就在脑子里想象海沫为什么会要去超市偷东西。我想海沫是因为肚子饿了才会去超市里偷吃的。海沫之所以偷东西是因为他的手里没有钱。海沫没有钱是因为教练没有给他生活费,或者给他生活费了但是给得很少,又或者给的生活费并不少但海沫乱花钱。我想了很多很多问题,甚至觉得迷糊起来了。丘比特在笼子里睡觉。最近,我给它穿上了小狗专用的尿裤。尿裤齐腰,所以即使贴在它腰间的粪袋有松动,也不会全部掉下来,溢出的大便也会有尿裤兜着。因为是这个原因,我比以前轻松了很多,至少不用慌里慌张地换粪袋了。

因为没事可做,我去厨房冲了杯咖啡。喝咖啡的时候,我老是忍不住地想听那七十八条留言。这真烦人,因为我不想做让教练对我失望的事。就在我难舍难离的时候,龙介来电话了,说明天过来看看丘比特。他还让我做好带丘比特出门的准备,因为他想带丘比特去动物病院跟兽医商量一些事。我说好。随后我跟他说了海沫被逮捕的事。他表示非常遗憾,并没有我想象中的那种惊讶。我又跟他说教练的手机里有七十八条留言,为此十分闹心,特别想听听留言的人是谁,以及留言的内容又是什么。然后我问他:"你觉得我可以听其中的一两条留言吗?就听一两条而已。"他问我:"你从来没偷看过教练的手机?"我说:"我起誓。"他对我说:"特殊时期,破一次例也是难免的。教练被警察叫去了,海沫被抓了,按理说这是紧急关头,所以那七十八条留言可能来自于海沫。你听一两条,大致可以把握一下海沫的现状,也许对理解他被抓有帮助。"我说:"你真这么觉得?"他说:"是。"我说:"好吧。那么我就听两条吧。不过,不是我不尊重教练,是我担心海沫才听的。不是偷听,是怕有什么重要的急事被耽误了。"他说:"你不用找更多的理由了,已经足够了。"

跟龙介说话的功夫,我已经听完了一条留言,本来就跳得很快的心脏跳得更加厉害了。龙介问我怎么了。我让他等一下,又听完了第二条留言。我对龙介说："听完的两条留言都是海沫的。怎么说呢，他的声音很可怕，啊，我身上都起鸡皮疙瘩了。他用毫无起伏和感情的语调，一直重复着一句话。他不断地说给我一百万给我一百万给我一百万。"我的肚子强烈地鼓动起来，觉得喘不上气来了。龙介说："可以想象剩下的留言都是海沫的了。不过，证实了没有什么特殊的事，你也不用闹心了。海沫的事，就由教练跟警察去协商着处理好了，我们来解决丘比特的事。"我说："好吧。"

因为辜负了以往的诚实和对教练的信赖，我心里觉得很软弱，很孤独。我什么都做不了，开始在房间里瞎转悠。

教练比我想象的回来得早。他进门的时候我正呆呆地握着手机坐在沙发上，像一个失魂落魄的傻瓜。一定是我的样子令他误会了，他有点儿局促不安地跟我道歉，说海沫总是闹出这样和那样的事情来，让人不得安宁。我抱歉地让他不要介意我，将他没有来得及吃的饭热了一下端到饭桌上。他吃饭的时候，我站着把咖啡喝了。当我觉得心虚或者尴尬的时候，就会站着喝东西。

教练吃完了饭，我一边收拾碗筷，一边问他海沫的情况怎么样了。他看起来有些痛苦地说："海沫有可能被判刑，搞不好要在监狱待上几个月，甚至一年。"我问他："你不打算请律师吗？"他回答说："海沫属于现行犯被抓，没有被辩护的余地，再说警察那边会安排免费律师的。"我对他说："只要律师跟海沫谈话，马上就会发现他有精神上的疾患。也许他不用负法律上的责任，也许警察会强迫他住精神病院。"他摇了摇头说："对不起，我现在觉得非常混乱，根本想象不出会有什么样的结果。但有一点可以肯定，我觉得在海沫偷窃这件事上，自己有很大的责任。"他又沮丧地补充了一句："我对他关心的不够。"

这时候，我觉得换一个话题比较好，就把龙介来电话约好明天去动物病院的事说了一下。教练神情落寞地让我谢谢龙介。我把他的手机递给说："刚才你走得太急了，手机忘记带了。"他接过手机，看也没看又放回饭桌上。

三十二 当它再回家的时候,已经成为遗体了

我根本没有想到的是,这一次带丘比特出门,当它再回家的时候,已经成为遗体了。

我跟龙介要去的动物病院在一个很大的购物中心。购物中心的一楼有一家动物商店。动物商店的尽头有一家动物病院兼美容院。龙介是在网上查到了这家病院的,离我家也不算太远。从我家坐电车去的话是一站路,走路去的话要二十分钟。天气很好,我们决定走路去。

龙介推着宠物婴儿车,我走在他的身边。是一条新修的道路,宽敞而且平坦。两旁是一栋栋单调的格式相同的高楼。道路跟高楼之间是被阳光照得发亮的柏树,一棵棵一直排列到路的尽头。龙介穿了一件白色的衣服,给人的感觉很洁净。他本来还带着一顶黑色的帽子,但走了几分钟就摘下来,挂在宠物

婴儿车的把手上。我问他:"热吗?"他回答说:"走路也是一种运动,所以会发热。"我说:"也对。"他问我:"你听了两条留言,后来有跟教练说吗?"我说:"没有。"随后补充了一句:"他现在满脑子都是海沫的事,似乎顾不上其他的了。对了,他让我谢谢你为丘比特费心。"他说:"两条留言都是海沫跟他爸爸要一百万元的话,后面的七十六条一定也是跟他爸爸要一百万元。"我说:"是。"过了一会儿,我又问他:"教练过一段时间会平静下来,你说那时候,他会不会发现我偷听了他手机里的留言呢?"他笑着回答说:"傻瓜,你还在意这件事啊。"我说:"当然啊。我觉得自己缺德呢。"他说:"那么多的留言,少了两条怎么可能会发现。再说了,教练本人比你更早知道所有的留言都来自海沫,都是跟他要一百万元,所以他早就不在意留言有多少条了。"我"哦"了一声,不知道为什么,心里竟然忽然涌出了一丝伤感。

不久,能够看见购物中心那座米色的大楼了,被裹在亮晶晶的太阳光里,像巨大的怪物。我告诉龙介,说海沫有可能要蹲监狱了。他马上回答说不会。我问他为什么说得这么肯定。他说他的两个哥哥里,最上面的那个哥哥,既考取了医师资格,又考取了律师资格。他说他跟这个哥哥咨询过了,以海沫的情况来判断的话,和解的可能性比较大。我问和解是不是用钱来解决问题。他直截了当地说："对。就是教练要花钱来解决海沫的问题。"我又"哦"了一声。他接着说："不过,即便花钱把事情和解掉,海沫还会再去偷窃,恶性循环。"我说:"警察有可能强迫海沫住精神病院。但我真的不喜欢想这个问题,除了觉得海沫可怜,医疗费实在贵得要死。"他说:"有些事就是拿不起也放不下,找不到合适的出路,进退两难。"我叹了一口气。他对我说:"你不想那么多是对的,想也没用。走一步看一步好了。"

进了购物中心,我想起了龙介的爱猫,问他冰激凌好不好。他说好,还说又保护了一只,这一只是公的,叫冰糕。我说:"冰激凌也是冰糕啊。"他回答说:"冰激凌不是冰糕。说得严谨点儿的话,它们是一对关系亲密的伙伴。"他笑了起来,补充说:"就像你跟我。"我真的感激他。他总是在我心情不好的时候安慰我,让我觉得快乐。

院长是一个小个子男人,很年轻,也就三十岁左右的样子。一双明亮而大的眼睛,看起来很温柔,给人一种"放心"的感觉。对了,他姓小林。他把丘比特穿的尿裤脱下来,把贴在丘比特腰间的粪袋也解下来,然后很吃惊地说:"啊,造口附近的皮肤完全腐烂了。"我说:"身上的皮肤也很糟糕,但是在装人工肛门之前,丘比特从来没有得过皮肤病的。"他用手一层层地拨开丘比特身上的毛，像刚才似的吃惊地说："啊，真的可以说是千疮百孔。我想是大肠杆菌引起的。"

虽然龙介在来之前，已经通过电话把丘比特的情况大致说明过，但我还是忍不住地把丘比特变成这个样子的原因，从头到尾地说了一遍。小林院长对我说："我经常在研讨会上见到高见院长的。如果下次再见到他，我会顺便问一下关于丘比特的事。"我说："算了。他已经为我们介绍了东京大学的附属动物病院。我也不想再追究了。"他说："关于丘比特，如果把人工肛门封上，重新把肠子接到原有的肛门，我觉得应该可以排出大便的。"血液一下子冲到脑门，我赶紧对他说："丘比特已经做过四次大手术了。我不想它再做手术了。拜托您想想其他的方法。"他"嗯"了一声，使劲儿地点了点头。龙介问他："有没有不用贴粪袋但可以排便的方法？"他想了一会儿，说可以尝试在造口那里插一根软管，这样粪袋就不用直接贴在皮肤上了。但他解释说，软管在现阶段只是他的想象，是否可行，要经过实际检验才行。他问丘比特可不可以在动物病院里住两天。龙介看我。我说可以。他又检查了丘比特的牙齿和耳朵，说可能是每天舔毛的原因，大肠杆菌也跑到了嘴里，丘比特的牙龈都发炎了。如果不马上治疗的话，丘比特的牙龈就会腐烂，牙也会跟着被融化掉。龙介说："那就尽管治疗好了。"

小林院长跟龙介说话的时候，我在旁边一直想该怎么办。这一次，我真的要开口跟妈妈要钱了，因为丘比特住院再加上治疗牙龈，肯定要花一大笔钱，而我手头积蓄的存款可能不够。偏偏在这个时候，小林院长说治疗前需要把握丘比特的健康状况，所以最好是验血、验尿、拍MRI等一系列的检查一起进行。他问龙介有没有给丘比特加入动物医疗保险。龙介看我。我回答说没有。于是小林院长说："没有保险的话，全身检查所花的费用可能太大。如果你们不想给丘比特做全身检查的话，也没有必要非做不可。请你们决定做还是不做吧。"我用手偷偷地拽龙介的袖口，一边对小林院长说："可以给我们时间，让我们慢慢地考虑一下吗？"但龙介没理会我，对小林院长说："全身检查当然要做。请不要考虑钱的问题。以我们的立场来说的话，就是希望丘比特可以活得健康舒适，所以请您给它最善最佳的治疗。拜托了。"

在吃茶店，我双手端在胸前，两眼盯着龙介，闷闷不乐地说："刚才我拽你的衣袖口，你不明白是什么意思吗？"他说："我明白。"我说："我本来的意思是，找到一个不用贴粪袋的方法，这样造口附近和全身的皮肤自然就会好起来。既然牙龈发炎了，治疗也是应该的。但是，我觉得没有必要做什么全身检查。"后面的话跟钱有关，我没好意思说出口。他回答说：

"既然小林院长判断丘比特有做全身检查的必要，当然是做了才最安心。"我说："至少在决定之前，你应该问一下我的意见。也许我有什么为难的地方呢？就因为要给丘比特最好的治疗，所以方方面面得考虑周到了才行啊。"因为烦躁不安，我端起杯子，一口喝掉了一半咖啡。他对我说："菜菜子，这一次可是我主动找兽医相谈的，所以从一开始，我就打算支付所有的医疗费。"我说："这怎么行！丘比特是我的，却要你支付医疗费，说不通的。"他说："我想给丘比特最好的治疗，所以拜托你让我尽力好吗？"我说："谢谢你的心意。但是，我现在每周打两天工，加上妈妈每月给我的生活费会省下不少，一定程度上支付丘比特的治疗费应该没有太大的问题。即使钱不够用，我也会让妈妈帮忙的。我只是不想把事情搞大了，你知道教练那个人的，他绝对不可能让你支付丘比特的医疗费。但他那边的负担已经够他受的了。"他说："菜菜子，我跟你是非常亲密的朋友。你知道我有一份不错的工作，收入相当不错的嘛。再说我爸爸妈妈从来不会过问我的收入，关心的只是我什么时候能够拿到医师资格。我的收入，大部分都没处可花。所以呢，能用在丘比特的身上，对我来说也是一种安慰。"他笑了一下，接着调侃地说："你的丘比特也就是我的丘比特。你只要别跟教练说出全身检查的事就好了。"

自尊心阻止我开口说话。我看着窗外，有一辆黄色的小轿车飞驰而去。我心里想：龙介有钱那是龙介的事。龙介是龙介，我是我。我还是觉得丘比特是我的狗，龙介帮忙也改变不了这个事实。因为我老是不说话，龙介就伸长手臂，拍了拍我的手说："有时候把事情想得复杂点儿是好事，但有的时候一分为二、黑白分明会比较好。好吧，现在我让你做一个选择。一个是，很明显丘比特现在的样子坚持不了多久，全身的皮肤病和人工肛门的造口会变得更加糟糕，结果要么是病死，要么是安乐死。另一个是，采取积极的治疗，也许真的会发现什么好的方法，丘比特可以健康舒适地活下来。你说吧，你想选择哪一个。"我闭上了眼睛。说起来也是奇怪，当我的脑海里只考虑丘比特的生与死时，我得承认，我要选择丘比特活下来。我回答说："我欠你的人情岂不是太大了。"他问我："我们不是好朋友吗？"我说："好吧。谢谢你龙介。"

我跟龙介在超市里又瞎逛了一会儿才分手。再见的时候，他笑着对我摆手说："我知道你是怎么想的。不过，我就是以为丘比特也是我的狗。"我看着他慢慢地远去并消失了，觉得非常爱他。回家的路上有一家便利店，我进去买了一个最贵的冰激凌。

晚上，教练问起丘比特，我照实告诉他小林院长的意思，说动物病院正在试验一种不使用粪袋但可以排便的新方法。我把小林院长想象的在造口插软管的事描绘了一下,但没有提丘比特做全身检查的事。他看起来很高兴。我问律师那里有没有跟他联系。他说还没有。

三十三 小林院长是一个人道主义者

两天后，龙介来电话，说小林院长通知他，给丘比特的造口插软管的试验失败了。我还没有来得及失望，他说还有一个比较好的提案，就是我跟教练愿意的话，可以把丘比特寄养在小林院长的病院里。他向我说明寄养对丘比特的好处。大致的情形是：不再给丘比特戴粪袋，只在它的腰间缠一层薄的纱布。每隔一定的时间有专门的护理人员换纱布。每天淋浴一次。以下的话，他说是小林院长说的：这个办法在私人家庭里不容易做到，但动物病院是可以努力做好的。他进一步解释，说不贴粪袋的话，丘比特不仅没有身体上的负担，造口和皮肤用不了几天也会康复。他还指出，我随时可以去动物病院看丘比特，可以抱丘比特，可以带丘比特散步。他计划这两天再跟我一起去动物病院，把寄养丘比特的事情定下来。最后，他这样说：

"小林院长的病院离你家那么近。你骑自行车去的话，五分钟就会到了。"

龙介说得对。对于丘比特来说，由动物病院全面照顾，没有比这更好的选择了，但我没有马上回话，因为想到了寄养费。说真的，一想到寄养费我就泄气了。可能是听到了我叹气的声音，龙介让我不要担心寄养费。他说我的运气好，竟然碰上了小林院长这么有爱心的人。他对我说："你知道吗？小林院长说按日数收费，一天一千元，吃住什么的全部包括在一千元里了。一个月下来，不过三万元而已。"然后他说小林院长一定是一个人道主义者，不然不会做这种"出力不赚钱"的事。我开始感到高兴，三万元的话，我打工的收入都可以支付。真的是天无绝人之路。

晚上，教练听了小林院长的提案后也很高兴。虽然我们会感到寂寞，丘比特也一定会感到寂寞，关键的一点是：丘比特"一点儿罪都不用受了"。到了这个地步，我就告诉他，其实龙介一直都在帮忙，还说龙介将来一定会成为一个好医生，因为他对生命的热情和关心，比一般的人多出一大截子。他说我扯得太远了，如果要他说的话，就是他羡慕我有龙介这样的朋友。他说这是很了不起的友情。他让我转告龙介，说哪天有时间的话，一定到家里来吃个饭。他说他想亲自向龙介表示谢意。

我突然想起在便利店买的那个冰激凌，问他想不想吃，他回答说肚子饿了，想吃饭。

我跟教练舒舒服服地坐在饭桌前的椅子上。饭是我做的，很简单。三文鱼和一碗酱汤，一小盘泡菜，一个生鸡蛋，还有一盒纳豆。我用筷子使劲儿地搅拌着纳豆，一边对他说："你知道，我现在每个星期打两天工，一个月有几万元的收入。所以呢，丘比特的寄养费，我想你就不用操心了。"他看了看我，笑着说："好吧。不过，只要有时间，我就会跟你一起去看望丘比特，一起散步。"他第一次同意我跟他共同肩负某一种责任，我觉得从来没有这么开心过。

丘比特的事有了着落，我觉得生活又要变得轻松起来了。但海沫那里的事不知有什么进展，问教练，他说有一个女律师上午刚给他打过电话，想约一个时间谈谈海沫的事，但学校现在是期末考试的时间，平时请不了假，只好安排在周末见面了。我问女律师就海沫是否会判刑的事，有没有透露点风向什么的。他说他感觉和解的可能性比较大，因为女律师对他说，跟海沫谈话的时候，觉得海沫有什么地方"不对劲"，还说就"不对劲"这一点，想在见面的时候确认一些问题。我说这就好，说明女律师已经感觉到海沫有病了，希望她能够手下留情。

不过，在跟女律师见面之前，我想问教练两个问题。开门见山，我问他手里有没有用来和解的钱，没有的话，我想赶紧跟妈妈要。他说想象不出和解需要多少钱，所以等见了女律师之后再做打算。但他让我不要担心钱的事情，因为现在是期末，过几天学校就要发奖金了。我又问他："如果海沫问题的结果是和解的话，你会不会帮助海沫申请生活保护呢？"他回答说："本来是打算申请的，没想到海沫那里出现了这么麻烦的事。"他停顿了一会儿，将目光从我的脸上移开说："我担心这次偷窃的事会给海沫留下前科。不知道前科会不会影响到申请生活保护。"我说："法律不可能规定有前科的人就应该饿死。无论如何你都要帮海沫一下。申请生活保护是为了保护海沫。"

　　动物病院离我家不太远，龙介又要上课又要工作，我想丘比特的事，就不用打扰他了。我决定一个人去动物病院，顺便将寄养的事情也确定下来。

　　小林院长很和气，知道我想看丘比特，特地带我去诊疗室后面的那间屋子。我进去的时候，丘比特正在几个女护士之间走来走去的，看到我，马上摇着尾巴扑过来。我抱起丘比特，看见它的腰际缠了一层白色的纱布。不过说实话，丘比特很臭，大便的味道扑鼻而来。小林院长让我看丘比特的皮肤。我用手指拨开丘比特身上的毛，看到的皮肤是雪白雪白的，血痂瘩和藓都消失了。小林院长解下丘比特腰上的白纱布，让我看人工肛门。我看到造口周围的皮肤差不多痊愈了，忍不住"哦"了一声。

令我惊讶的是，造口似乎小了一圈，看起来就像不小心轧出来的一个小"洞"。小林院长解释说，炎症消退后，皮肤收缩，造口也随之变小。造口小了，大便自然不会像以前似的"哗哗"地往外淌。丘比特每天按时吃饭，按时睡觉，按时换新的纱布，按时洗澡。虽然我说过由动物病院照顾丘比特是最好的选择，但没想到会这么好，简直超过了我的"理想"。丘比特的痛苦终于结束了，这样的结果让人兴奋。我在心里喊："小林院长万岁！龙介万岁！丘比特万岁！"

小林院长让我看有关丘比特的各种化验结果。知道我看不懂，就单刀直入地说丘比特所有的指数基本上都在正常的范围，只有肝脏有点儿炎症，但也不是很严重，接下去会进行治疗。说到病院寄养丘比特的事，我实在想不出不寄养的理由，于是对他说："我已经看出丘比特在这里一点儿罪都不用受了，感动得不得了。寄养的事情已经没有必要商量了。"关于每个月的费用，他问我月末支付是否可以。我说没问题。然后我想起丘比特做全面检查的费用，问他支付的方法和时间，他说那天跟我一起来的男人已经把钱转到病院的账号上了。他说的男人当然就是龙介了。我再次感到龙介对我真的是太好了。当然不是因为钱才这么说：他给了我一种永远不朽的东西，一种绝对单纯的东西。

我想带丘比特去外边散散步，女护士给丘比特穿上小狗用的尿裤。丘比特跑起来跟在伊豆高原的时候一样快，我只好跟着它一起跑。丘比特跑累了，我抱着它在购物中心的门前休息。有几个年纪大的女人，对丘比特穿着尿裤的样子感兴趣，以为是我不想它随处拉尿。我也懒得解释。回动物病院后，我对小林院长说："太感谢了。丘比特跟一只普通的狗没有区别。好久没有这么幸福的感觉了。"我说的是真的，但是我得离开病院了，觉得有点儿寂寞。

我给龙介打电话，告诉他我刚从小林院长那里出来。我感谢他支付了丘比特全身检查的那笔费用。他立刻大笑起来，说丘比特也是他的狗。我感到心里潮乎乎的。

周末，教练跟女律师见了面。他回家时的样子很愉快，我想海沫的结果应该不坏。律师跟他保证，只要出五十万元的和解费，海沫就不用蹲监狱了。但我很难百分之百地高兴起来，我有一种预感，用不了多久，海沫又会惹出什么事情来，除非海沫跟我们住在一起，又或者他能百分之百地满足海沫在金钱上的欲望，又或者我们每个月能拿出一百万元让海沫住到精神病院。然而事情的发展却出乎我的意料，但这又是后话了。

三十四 蓝的是水，白的是天

可能跟发生了太多意料之外的事有关，感觉一年很快就过去了。进入四月，我已经是大学二年级的学生了。因为丘比特的事，我没有太多的时间用功，其他的同学都拿到了一个到几个资格，我却什么资格都没有拿到。还是龙介厉害，跟我一样是大学二年级的学生，却拿到了医师资格。想象他将来穿着白大褂，在医院里给各种各样的人看病，我真的觉得他很"神"。

月底开始有很长的休假，被成为"黄金周"。妈妈也回东京休假了。跟上次一样，我跟教练去机场接她。她很想去哪里的温泉住几天，又拿不定主意去哪里，就问我们轻井泽怎么样。我没有去过轻井泽，没有回答。教练说轻井泽是很好的度假圣地，有草津等有名的温泉。于是妈妈让我跟教练陪她去，还计划所有的费用都由她来负责。教练跟她道歉，说有要事，没办法陪同，但新年的时候一定争取三个人一起去哪里好好地玩玩。她看起来有点儿失望。教练就说他有一个主意，就是他开车送我跟妈妈去温泉，我跟妈妈留宿，他当天回东京，也可以算一日游。妈妈的情绪又好起来，说当天来回的话，轻井泽有点儿远了，干脆定在箱根或者热海吧。结果这一次旅游定在了热海。

我跟妈妈旅游过很多次，每次都是温泉，每次都是在旅馆里吃了睡，醒了就泡温泉，几乎不出旅馆一步。所以，对我来说，去哪里都无所谓。然后，她不断地讲一些在上海工作和生活的事。她说起甜爱路，全长是五百五十米，情侣牵着手走完的话可以白头偕老。我也想跟教练在那里走一趟，但妈妈为什么会去甜爱路呢？这一次妈妈给我的感觉很暧昧，怎么说呢？就是她的情绪很飘扬。说真的，我希望妈妈能够恋爱并再婚。除了爱我，她还可以把她的爱拿出一部分给哪一个男人。再说她还很年轻。

妈妈挨个给热海的旅馆打电话，但都没有空房。在她快绝望的时候，美津浓旅馆说刚好有客人取消了事先预约好的房间，但是只能住三天。

怕路上塞车，我们出发得比较早，结果一路顺畅，到热海时，还不到十点。因为离入馆时间还有好几个小时，教练说可以带我们去几个景点玩玩。妈妈一向对人多的地方不感兴趣，但这一次总得做点什么才能打发时间。她选择了来宫神社。也许妈妈无心无意，但对她的选择，我是暗自欢喜和感激的。

来宫神社是热海有名的能量景点，社内有一棵超过两千岁的楠树。相传诚心诚意围绕大树走一圈的话，心中的愿望就可以传递给大树并得以实现。不管怎么说，这一年，我眼看着教练承受了很多的艰辛和烦恼，生活对我们来说，好像海里的一条大鲨鱼，而我们的命运就落在它的嘴巴里。我曾经什么都不相信的，现在却是不放过任何祈愿的机会。祈愿的人很多，我、妈妈和教练，挤在人群里，围着楠树转了一圈。祈愿的那一刻，我觉得心里有一种东西无边无际地释放开来。我看了看妈妈，她的神情很明快。我看了看教练，他的样子很严肃。

中午，教练在一家叫新广楼的中式饭店请我跟妈妈吃了黑醋咕咾肉、八宝菜、麻婆豆腐和炒面。下午两点，他准时把我跟妈妈送到美津浓旅馆，看见有服务员带我们去房间，就跟我们说再见了。

房间没有什么特别，但风景特别好，可以一边在露台上泡温泉，一边俯视大海。妈妈一进屋就脱光了身子去露台了。起了个大早，做了几个小时的车，又走了很多路，我也觉得腰酸背痛，跟着妈妈去了露台。下午的海景没有早晚好看，形容的话不过是水天一际。蓝的是水，白的是天，蓝白交织在一起。

我跟妈妈面朝大海并排地坐在水里，温泉的热气像迷离的雾。我感到了一种日常所没有的强烈的平静和安宁。

妈妈突然蹦出了一句话，说她一直想不出教练有什么要事不能陪她去轻井泽，但现在可以说是察觉到了。我吓了一跳，问她察觉到什么了。她说"要事"肯定跟教练的儿子有关，因为我们从来不在她面前提那个儿子的事，也不给她引见。她举了一个例子，说今天这样的旅行，教练其实可以带儿子一起来热海的嘛。关于海沫的事，我并不想对她隐瞒，只是对她知道真相后有一种又害怕又期待的感觉。有一阵我们都不说话。不久，她问我为什么不信任她。我觉得好像运动会跑马拉松似的，终于没有力量撑下去了，摇头说不是信任的问题。她对我说："那就说出来好了，告诉我是怎么回事儿。"

虽然温泉的热气使我看不清妈妈的脸，但她说话的语调告诉我，她其实担心我并想安慰我。我把海沫的事情大致说了一下，但强调他的精神障碍跟遗传没有关系。为了让妈妈相信这一点，我还特地用他考上了东京大学作为证据。关于病的缘由，我说连精神科的医生都不明确，但是听教练说，好像在他修学旅行的时候，他妈妈进过他的房间，于是好像受到了什么刺激，开始讨厌他妈妈。不过，一年前也就是自闭的那种程度，慢慢地严重了，现在已经到了药物治疗的阶段了。

妈妈说我说话像是在绕圈子。海面上有一艘游艇滑过去，留下来的空荡荡的感觉很特别。妈妈问我海沫有没有兄弟姐妹。我告诉她海沫是双胞胎，另外的那个在出生时就去了天国。这时候我突然想，也许海沫的胞兄弟通过死亡带走了他身体上的什么东西。迷离的热气中，妈妈朝我这边看过来。我听见她叹了一口气，接着说起了龙介。她说那个在庆应学医的，名字叫龙介的男孩子，跟我其实是很般配的。我说龙介比我小两岁，在我的眼里，不过就是个小男生。她问我为什么不找一个单纯的人谈恋爱。我小声地说太单纯的男孩满足不了我，同时觉得这一声低语属于我的身体，是童年时埋在我身体里的。她又叹了一口气，问我："无论如何你就是觉得教练好吧。"我说是。她打起精神，说她知道不应该干涉我的人生，但担心教练的儿子将来会成为我的负担。她问我："跟教练结婚，意味着你们要一辈子背着海沫。你真的不在乎吗？"我回答说："跟教练在一起的时候，我总是会忘记昨天和明天。我只是想跟教练生活在一起，所以现在非常非常幸福。"她困惑地看着我说："我真的不理解你的感受，但你是我唯一的女儿。"我说："所以啊，妈妈，我希望你可以爱他，像爱我一样爱教练。"她咽药片似的咽了一口唾液，小声地说："虽然你跟教练是两回事，但我会试试的。我会努力。"我说："谢谢妈妈。"

妈妈突然"呸"了一下。她每次说到死人的事,事先一定会"呸"一下。我知道她要跟我说死人的事了。她看着明晃晃空荡荡的海面说:"小时候,听你外婆说过一件事。路口的人家有一个儿子突然疯了,他爸爸找了个会法术的人。那个会法术的人念了一阵经文,然后就用一根棍子打那个疯子。据说那根棍子也叫避邪箭,会把疯子身体里的脏东西逼出来。被打了一阵子,疯子跪在地上,吐了一地粘乎乎的东西。之后很神奇,疯子站起来后就不是疯子了,回到了平常人。听说疯子正常后结了婚,还生了孩子。"

这个故事很荒唐。精神失常被很多人认为是灵魂上的疾病,有一些地方或病人的家属会对病人进行所谓的驱邪行为。我感到有点儿伤心,因为我理解妈妈为什么会在这个时候想起这个故事。我让她不要再担心我了,因为我已经不是小孩子了。她问我:"你说你现在很幸福,是什么样的感觉呢?"我出声地笑了一阵,回答说:"能感觉到痛苦,感觉到渴望,感觉到安慰,感觉到活着。"妈妈说:"够了够了。"然后我们一起笑了一阵。"妈妈。"我突然叫了一声。妈妈问:"什么?"我苦笑着说:"你真的不用担心。你知道的,日本不会让人饿死的。海沫的那种状况,只要教练愿意的话,是可以申请生活保护的。一个月十多万元,足够他生活的了。"妈妈说:"我觉得教练不会帮助海沫申请生活保护的。"我问："为什么你会这么想呢？"妈妈说："说好听点是价值观，不想给社会添麻烦。说不好听是面子上的问题，觉得自己没有能力。如果教练想申请的话，就不会到现在还没有申请了。不过话又说回来了，当真申请生活保护的话，好多方面都受限制，比如旅游什么的，是不被允许的。我想教练还是希望海沫过一种真正自由的生活吧。啊，慈悲为怀。"我"哦"了一声，心里觉得酸溜溜的。

妈妈突然从水中站起来，一边往外走一边说："啊，快吃晚饭了。看旅馆的介绍，今天的晚餐可是有生鱼片，还有龙虾。你陪我尽兴地喝两杯。"妈妈又变得容光焕发了。

露台的温泉里只剩下我一个人，有那么几秒钟，我觉得这个世界充满了爱，每个人都在以自己的方式爱着什么人。我一直渴望教练同时兼做我的父亲，但这时我很想兼作海沫的母亲，对自己没能够分享他的童年岁月产生了嫉妒之情。时间真是个很神奇的东西，日复一日地继续下去，而所有的日子都一模一样，所有的日子又完全不同。我环视了一下四周，不知不觉中，太阳已经变成红色的了。再过一会儿，就会看到日落的美景了。浩瀚的天际有一种令我无法承受的无限的美。我意识到我很久很久都没有哭过了。

三十五 龙介的猫

妈妈执意不让教练来热海接我们,坚持乘新干线回东京,理由是她想吃"站便"。顺便解释一下,"站便"就是在车站卖的便当。我感到一阵欣喜,因为我也非常钟爱在车站才能买到的那些便当。

说到便当,小时候的印象就是几个用紫菜包着的饭团而已。现在的便当可不得了,仅仅从花样上数,就有车站便当、赏花便当、观剧便当、游船便当、郊外便当等。其中车站便当最为火爆,已经形成一个庞大的食品产业链,为地方的经济发展做出巨大的贡献。因为制作者过于用心并讲究,车站便当不再是一种简易的方便食物,说它是一种"旅情"也绝对不会过言。前几天看电视,有一个著名的饮食研究家说,据他的统计,日本全国的车站大约有上千种便当,有名的也不下五百种。每种便当都取材于当地的特产,比如北海道的鱿鱼、岩手县的黑猪、仙台市的牛舌、广岛的鳗鱼和兵库的章鱼等。我一向喜欢刚焖出来的热乎乎的白米饭,但一些车站便当的容器和包装太过精美,以致我拿到手里就放不下来,真的是爱不释手。容器有金属制、木制、纸制、塑料制和陶制。我尤其喜欢陶罐的造型和包装纸上的人物漫画。车站便当的色香味器,使我在感受日本饮食文化的同时,就可以了解到地域的气质了。怎么说呢?长途旅行虽然漫长并且疲劳,但因为有了车站便当,感受中就多出了一份情趣,日常也似乎不平常了。

很可惜热海的车站便当不是很有知名度。我买了天城峠釜饭。陶罐胖墩墩的,特别可爱。我打算吃完里面的食物后,把陶罐带回家,摆到书架上当艺术品鉴赏。顾名思义,天城峠釜饭是以天城峠为形象而制作的。在鸡汤煮过的米饭上,加香菇、栗子和干贝等山珍海味。自家特制的芥末酱,非常勾引我的食欲。妈妈买的是沙丁鱼便当,木制容器看起来很一般,没什么可以宣扬的,但白米饭上铺一层用芝麻油炒过的沙丁鱼,加虾油,看起来竟有一种华丽的美。

其实,东京站就有一家便当店,囊括了全国各地的车站便当,真正是数量多,品种也丰富,使好多人在选择买什么的时候犹豫不决。不知道是否跟教练教学生打篮球有关,妈妈毫不犹豫地给教练买了一个"广岛棒球"做礼物。广岛棒球是日本有名的"第一祈愿"便当，祈愿广岛棒球队日本第一。便当的内容是把其他十一个球队根据地的当地美食拼凑在一起，隐含着"吃掉其他的球队，赢取胜利的意思"。教练对妈妈选的这个礼物很钟情，吃的时候表示下一次的篮球比赛"绝对拿取第一"。

话说在新干线上，我跟妈妈一边欣赏窗外的风景，一边吃着便当。妈妈喝了一罐在上车前买的啤酒，没过多久面孔就开始发红了。我感觉这时候的妈妈比平时更加可爱。聊了一会儿毫无意义的话题后，我对她说："在温泉聊的都是我的事情，妈妈的事情也应该让我知道一点儿。你在上海是不是有恋人了？感觉上似乎你正在谈恋爱呢。"妈妈先是怔了一下，然后问我怎么会问她这样的问题。我回答说："因为你提到上海的甜爱路啊。你一个人怎么可能去那种年轻人去的地方啊。"

妈妈"哦"了一声，眼睛望着窗外天空上的云，淡淡地告诉我，虽然她并没有在谈恋爱，但的确有一个"相好"的男人。她说她没有要紧的事情时，偶尔会跟这个"相好"的凑在一起，喝喝酒看看电影什么的，主要就是打发时间。她感叹地说，以她现在的年龄和经历，可以说是走到了爱的尽头。我问爱的尽头在什么地方。她回答说，尽头就是两个人在一起的时候，只剩下一起吃饭和一起睡觉的欲望。我说吃饭和睡觉很符合人性啊。她说每个人都有每个人的活法，每个时期也有每个时期的活法，再说早晚要回东京的。妈妈很少在我面前表示她的伤感，我觉得她一边跟那个"相好"的在一起，一边却在想着跟他的离别了。我对她说："你现在是东京和上海两头跑，将来也可以两头跑下去啊。"她立刻回答说："我才不想活得那么累。我已经不年轻了。"她严肃的样子令我产生了一丝害怕的感觉。

妈妈回上海的前一天，早上她听见院子里有婴儿啼哭的声音，叫我一起去看看是怎么回事。但我们在院子里根本没有找到婴儿，后来意识到哭声是从教练的车子下面传出来的。我很惊讶，以为是什么人将婴儿扔到教练的车子下面了，于是跪到地上巡视车子的底部。

原来啼哭的不是婴儿，是一只灰色的狸猫，差不多有一只狗那么大。知道是流浪猫，妈妈哈哈大笑。我回家抓来了一把丘比特吃的干狗粮，用来引诱小猫。小猫竟然乖乖地从车底下出来，把肚皮亮给我了。妈妈看着小猫说："它的脸是圆的，眼睛也是圆的，跟只老虎似的，怎么叫声却像婴儿，蛮可爱的。"

我抚摸了一会儿小猫的肚皮，不久它坐起来开始吃我手心里的干狗粮。它坐起来后我才发现它的左前爪有一个地方露出白色的骨头，周围已经化脓了。如果没有人出手相救的话，我想它只能等死了。这时候，我第一个想到的就是龙介，因为它养着两只猫。龙介接电话后，我把小猫的伤势说给他听，问他应该怎么处理伤口。他说按理应该去动物病院，但流浪猫去病院反而不容易。他指示我去动物病院买消炎用的药膏。买来药膏后，我又打电话给龙介。这一次，他指示我把药膏用棉棒涂到伤口处，然后用纱布轻轻地在小猫的爪子上缠一圈。他跟我道歉，说如果不是跟朋友去鬼怒川住一夜的话，就亲自来我家了。我问他是不是有恋人了。他说有了。我跟他开玩笑，说不会挥挥手马上就再见了吧。他说这一次是真喜欢对方，如果在鬼怒川相处得不错的话，想在回东京后同居。我真替他高兴。虽然他是 X 这件事对他父母来说还是秘密，但他生活得自由快乐。

　　野生动物的生命力真的很顽强，我只给小猫涂了两次药膏，它的伤口就愈合了。但是从发现它的那一天起，它天天来院子里啼哭，我知道它是跟我要干狗粮，于是去动物商店买了几公斤猫粮喂它。后来跟龙介谈起它，龙介认为它跟我有缘，希望我可以收养到家里。龙介还擅自给它取了个名字叫谷穗。买丘比特的时候我说过，不起名字的话是小猫小狗，有了名字后感觉上就成了宠物。我去动物商店买了小猫小狗专用的驱虫药滴剂，把药液滴在谷穗的肩胛骨中间。看见我口口声声地叫"谷穗"，还把谷穗抱到丘比特用的床屋上，妈妈很惊讶地对我说："丘比特让我们心痛到破碎的程度，你还敢养流浪猫啊。"我说："谁叫它跟我有缘有故呢。"妈妈让我说说跟这只猫的缘故。我回答说："龙介对我说丘比特是他的狗。我觉得这只猫是龙介的猫。"在热海的时候，我曾经跟妈妈说了龙介为丘比特操心花钱的事，所以我说是龙介的猫，妈妈就叹了一口气，不再说什么了。

顺便说一句，谷穗后来被我跟教练百般宠爱，直到二十年后老死在我们身边。谷穗就死在我家里。我和教练是跟着他一起变老的。而丘比特呢，几个月后孤单单地死在夜晚的动物病院里。反正动物跟人一样，各有各的命，而命运是很难改变的。

三十六 从裁判所来的传票

六月中旬,小林院长来电话,说丘比特看起来精神状态不太好,想做一次验血检查。我说好。一个星期后,小林院长又来电话,说检查的结果出来了,丘比特肝脏的炎症好像比以前严重了,不过,也许只是现在使用的药不对劲,再换新药试试看,说不定会有所改善。

七月下旬,我从学校回家的时候被吓了一跳,因为信箱里有一封来自裁判所的信,收信人的名字是教练。虽然不知道信的内容是什么,但裁判所三个字令我觉得心惊肉跳。我丝毫也不怀疑裁判所的来信跟海沫有关。

到教练回家为止,我的心里一直都是乱糟糟的,很害怕。教练一进门,我急不可待地让他赶紧拆信。看到裁判所三个字,他似乎也很困惑,皱着眉头将信封拆开。我看见他的手抖了几次，知道他其实跟我一样紧张。信封里装的是传票。有一会儿，他好像不明白发生了什么事，然后很紧张地一口气地对我说：

"是裁判所来的传票。让我下个星期的上午十点去川口简易裁判所民事一号法庭做口头答辩。"

我跟教练一起看传票，来来回回地研究了好几遍，终于明白了是怎么一回事。除了传票，里面还有一张答辩书，上面很清楚地写着事件的整理番号、事件名称、原告和被告的名字。整理番号是第一百一十五号。事件名称是强制退去请求。原告是小宫不动产。被告是依田海沫／外一名。毫无疑问，"外一名"指的就是教练。

此外还有一封简单的信，类似说明书。大致的意思是：小宫不动产之所以上告依田海沫，是因为依田海沫入居后，一直没有交租金，导致小宫不动产损失金钱。

事情出乎我的意料，但比我想象得要好一点，所以不那么害怕了。我只是觉得奇怪，教练怎么会没有交房费呢？他对我解释说，以前的情形是，海沫要多少钱，他就给海沫多少钱。但海沫去埼玉县后，他每个月末只给海沫足够生活的费用和房费。他的愿望是希望海沫可以在花钱的方面节省一点，如果海沫觉得钱不够花，说不定会去找一份工作，那就如他所愿了。但他万万没有想到海沫竟然会不交房费。我坐到沙发上，把谷穗抱到膝盖上，一边抚摸着它，一边让自己冷静下来。我建议教练给不动产打电话确认一下被起诉的事是否属实。他说白纸黑字写得清清楚楚，法院那种地方不可能平白无故地制造传票的。我说也对。他这样分析：按理不动产应该先通知他海沫没有交房费的事，给他补交的机会。但不动产故意绕开他而闹到了裁判所，说明背后隐含着某一种目的。

是啊，到底不动产为什么要这么做呢？我也觉得不动产不跟教练打招呼就起诉海沫的做法有些过分。他垂着头，沮丧地说海沫不交房费已经理亏了，不动产也是做生意，拿不到钱当然什么都干得出来。他的样子很绝望。我问他可不可以跟裁判所商谈一下，立刻补交所欠的房费，免去裁判这一环节。他说作为原告的不动产不撤去起诉的话，只好等待裁判。他还说现在做什么都来不及了，因为他理解不动产的目的不是为了钱，而是想把海沫赶出那间房子。我问他非去裁判所不可吗？他说他也是头一次遇上这种事，不太明白应该怎么做，但既然是裁判所的传票，不去恐怕不太合适。

我突然想起了龙介的哥哥有律师资格，于是给龙介打电话。我把传票的内容大致说明了一下，拜托龙介跟他哥哥咨询一下我们怎么做才更有利。龙介说他马上跟他哥哥咨询，让我等一下。不久，他打电话过来，说他哥哥认为，不动产的目的根本不是要钱，要钱的话就不起诉了，因为上告的费用加上律师的费用，远远超过了所欠的房费。他哥哥说不动产的目的很明确，就是借助法律的手段，把海沫从房间赶出去。他哥哥指出，如果不动产不这么做的话，永远没有办法把海沫从房间里赶出去。因为日本法律尊重人权，即使居住者不交房费，不动产也不可不通过法律手段擅自将居住者赶出去。他哥哥的结论是，教练用不着去裁判所答辩，用不了多久，裁判所就会判决"强制依田海沫退出房间"。最后，龙介说他哥哥有一句原话："与其去不动产，不如赶紧租房子。判决一下，不动产就可以换门锁了，那时候想进房间也进不去了。"教练的分析都对上号了。

不用去裁判所，令我跟教练都松了一口气。但是我们必须马上给海沫找新的公寓。教练看上去情绪有点儿崩溃。中村一直埋怨教练，说海沫已经是成年人了，要么随海沫自生自灭，要么把海沫交给政府，不要把自己的人生也搭到海沫的身上。中村说的交给政府，其实指的就是生活保护。我觉得，中村这么说当然是出于好意，但就像不能怪教练似的，我觉得也不能责怪海沫，毕竟海沫有病是不容置疑的事实。遇上这种特殊的情况，外人说什么都容易，做父母的可是做什么都难，因为亲人之间是不存在什么道理的。我对教练说："除了继续帮助海沫，你别无选择。不仅仅因为你是海沫的父亲，也因为海沫没有能力孤零零地生活下去。除非你能做到见死不救。"他说是这样的，接着对我说了一句谢谢，接着又对我说了一句对不起。我对他说："这次的事件就算是一个教训好了。以后再给海沫租房，房租不要通过海沫，直接从你的账号里扣好了。"他说："好，以后就按照这个办法做。"

　　吃饭的时候，教练突然叫我的名字。一般地说，他叫我名字的时候就会有"重要的话"跟我说。我看着他。他对我说："如果你将来一定想要小孩子的话……"他没有说下去。我知道他想说什么，于是回答说没关系。他说："我真的很害怕再有小孩子。"我说："其实我现在也很害怕再养小狗。虽然丘比特寄养在动物病院里，但我感觉它一直都在我心脏的位置上。还有，我也没想到会收养谷穗。虽然在我的心里，谷穗其实是龙介的猫。"我很难为情，觉得自己想表达的意思相当模糊。我想说的是，没有哪一种情感会坚韧到能够应付一切的那个程度。有时候，我非常想亲手抚摸一下丘比特的那个人工肛门，但是我没有勇气。我想教练也一样，也会有脆弱的时刻。不知道是从什么时候开始的，我已经不相信"绝对"这两个字了。在希望一次次地化为乌有之后，大多数人是会崩溃的。

三十七 注定要发生的事，躲也躲不开（一）

我跟教练都相信，只要我们努力，不放弃寻找各种各样的方法，就可以治好海沫和丘比特，让海沫和丘比特，有一个跟普通的人和普通的狗一样的普通未来。

但是，注定要发生的事，一定就是躲不开的。

小林院长打电话来，说有要紧的事要跟我商量，让我无论如何都要尽快地去一趟动物病院。我是骑着自行车赶去的。窗口的女护士说院长已经在等我了，让一身大汗的我去院长的诊疗室。我刚敲了两下门，就听到小林院长大声地说喊请进。推开门，我看到小林院长很严肃地站在诊疗台前。诊疗台上坐着一动不动的丘比特。

我抱起丘比特，忘乎所以地对小林院长说："啊，您急着叫我来，一路上，我满脑子都在想象丘比特出了什么事。看见丘比特好好的，我也就放心了。"他将一张化验单递过来，一边说："你看看这张化验单的数字吧。有红线做标志的地方，是丘比特身体有问题的地方。"我看了一眼化验单，问他："是肝脏的问题吗？"他说是。然后指着下面有两条红线的那个数字说，丘比特的肝脏已经坏到无法测试的程度了。怕我听不懂，他举例说明："比如正常的范围是一到一百，不正常的范围是一百到三百，但丘比特的肝指数已经跳过了三百，是三百以上，已经测不出数字来了。"

小林院长一动不动地盯着我。我小心翼翼地问他："结果丘比特会怎么样呢？需要什么样的治疗呢？"他回答说已经没有治疗的余地了。丘比特最多能挺一个星期。也许是今天，也许是明天，什么时候"那个"都不足为奇。他没说"死"这个字，而是说"那个"。我的泪水一下子涌出来，"哗哗"地流个不停。他抽了一张手巾给我，我接过来擦干泪水。因为鼻子也堵了，我又揩了一下鼻涕。他让我做好心理上的准备。我"嗯"了一声，没说话。过了一会儿，他接着刚才的话对我说，丘比特已经到了这个程度，最好还是回到自己的家里。他说我应该明白他的意思，就是丘比特"那个"的时候，最好是在自己的家里，最好有主人在身边陪伴。他希望丘比特有一个温馨的终结。

我很难受，不相信也不肯接受丘比特这么快就会离开这个世界。小林院长还在跟我解释，说动物病院在夜里只有一个值班的护士，基本上将小猫小狗关在笼子里面。如果丘比特不巧在晚上"那个"的话，可能都没有人会发现。而最主要的问题是，如果我不马上接丘比特回家的话，将来也许会后悔的。他把丘比特的状况说得这么严重了，我还是没有马上说"好"。他以怪怪的眼神看着我，问我是不是不想接丘比特回家。我结结巴巴地回答他，说事情来得太突然，一下子受的打击比较大，而且在丘比特住院的时间里，我家里的一些事以及我的心理都发生了很多变化，我需要考虑考虑再做选择，不然会把其他的事情一起搞砸了。他又用怪怪的眼神看我。在他的眼中，我一定是一个不近人情的人。

后来，当我向龙介汇报丘比特去天国的事情时，这样对他解释我当时的心情："请相信我说的都是真的。丘比特寄养到动物病院之前，我觉得它跟我，跟教练，每天都是在经受磨难。因为它会痛，而我们受不了它痛不欲生的那个样子。它被寄养到动物病院以后，我每个星期都去病院看它、抱它、带它到公园和马路上散步。它不在家的时候我真的是很想念它。小林院长让我接它回家的时候，我的心情很混乱，拿不定主意要不要带它回家。因为我感到非常非常害怕，脑子里快镜头似的闪过很多画面，人工肛门、血淋淋的皮肤、摇动身子时四处迸溅的大便等等。我还想到了谷穗。丘比特的床屋，已经是谷穗在使用了。当然我可以再去买一个新的。"我开始语无伦次了，"我的眼前是贴在丘比特腰上的随时都可能掉下来的粪袋。那一刻，小林院长让我选择带丘比特回家的时候，在我的眼睛里，能看见的就是一个很大很大的粪袋。"我失声痛哭，"除了害怕，我几乎没有能力思考其他的问题了。但是，请相信我，我真的很爱丘比特。但现在说这个，已经没有意义了。"

龙介让我别激动，说他当然比谁都知道我很爱丘比特，但是，有一些时候，人之所以逃离，恰恰是因为爱。他说了一句令我惊讶的话："大多数人，或多或少会盼望他们所爱的人死去。如果折磨他们的是小狗小猫，也会盼望小狗小猫死。"我对他说，可是我希望丘比特不要死。不过，从我把它寄养到动物病院的时候开始，也许就没有想过要接它回家。我把所有的粪袋都当垃圾一样丢掉了，一看到粪袋我的心就难受。可能我太在乎痛苦了。我觉得，只要丘比特在动物病院，它的痛苦我的痛苦，都可以停止下来。他说他相信我。我说我开始厌恶自己。或许我是把丘比特当做周末的一次相会或者拥抱，在内心深处，我早已经把它当成动物病院的狗了。他说没有几个人真的能拿得起也放得下，不要过于责备自己了。好长的一段时间里，我一直感到荒诞，觉得我对丘比特的爱跟它的大便差不了多少。正是我对丘比特的爱腐蚀了我自己。

关于是否接丘比特回家，我请小林院长给我两天的时间。他答应了。我决定带丘比特去公园坐坐。他也答应了。我谢过他，抱着丘比特出诊疗室的门口时，听见他在我的身后说："不用急着回来，多长时间都可以。"结果我没有去公园。公园里玩各种游具的小孩子太多，牵着小狗散步的人也太多。我抱着丘比特在购物中心外边的道路上走了好几个来回。新鲜的风，带着丘比特身体的臭味，吹拂着我的面颊。丘比特的脸贴在我的胸口。我低头看它。它的眼睛很漂亮，但眼神混沌。鼻子附近的毛秃了很大一片，看起来像一个紫色的茄子。我在一棵大树下站住，心里不断呼唤着"丘比特"这个名字。偶尔，丘比特会用舌头舔一下我的脸。它舔我的时候，我觉得是它在亲吻我的痛苦。爱与痛苦总是在一起的。

两天后，小林院长一大早来电话，说丘比特在夜里去天国了。动物病院十点才开门，我跟教练九点半就等在候诊室了。小林院长有事不在病院，一位漂亮的女兽医接待了我们。她对我们说："丘比特是一只非常聪明非常可爱的小狗。平时它都是随便活动的，但绝对不给我们添任何麻烦。看到我们有空闲的时候，它就会坐到我们的膝盖上，跟我们撒娇。今天早上，发现它已经去了天国时，我们都很感叹。它连去天国的时候都没有给任何人添麻烦。它选择在深夜没有人的时候,安宁地走了,孤单单地走了。"她的话,很明显有埋怨我没有接丘比特回家的意思,但我觉得她是真的为丘比特的死感到难受。难堪的沉默中我无语地流着泪。从那一刻开始,只要想起丘比特,我的心里从来没有安宁过。无论其他的日子消逝得有多么遥远,唯有丘比特去天国的那天,从没有离我远去。

女兽医让我们等一下,去里面的房间拿来一个漂亮的小盒子放在桌子上。她对我们说:"可以带丘比特回家了。"我哽咽了一声"好"。于是她又给了我一个小册子,说虽然不是夏季,但还是尽早火葬的好,不然会出现味道。至于选择什么样的火葬和哪里的火葬场,可以参照小册子里面的介绍。

教练开车带我跟丘比特回家。一路上我们没说过一句话。一到家,我立刻打开盒子,把硬邦邦的丘比特抱出来,贴在胸口。我抱了很长很长时间,一直感到心被什么撕扯着。心很痛。

小册子介绍的火葬方式有两种。一种是上门火化,就是宠物殡葬车在指定的时间到宠物的家门口,服务人员会陪同主人进行简单的告别仪式,然后会当着主人的面,直接用车载的火炉火化。另一种是上门收宠物的遗体,火化后将一部分骨灰送回主人家。但这种方式又分出两种形式,一种是集体火化,因为是很多只小狗小猫的和骨,所以无法挑选骨灰,只能集体埋葬到专门的地方。另一种是单独火化，一部分骨灰可以拿回家，也可以存放到专门供养动物的寺庙里。寺庙通常会提供骨灰罐，还会诵经以超度动物的亡灵。

我决定挑最贵的单独火化。接下来的那天，教练去上班，我在家里等动物殡葬社的人。十点整，来了两个穿黑色制服的男人。其中块头比较大的男人，跟我解释单独火化必须去国府市，因为离东京都比较远，所以当天没有办法送骨灰过来。听说我打算将骨灰存放到供养动物的寺庙里，他说他们会直接将骨灰送到寺庙去，让我们两天后去寺庙看丘比特。其间我一直抽抽搭搭地哭。我停止哭泣的时候，另外的那个男人，从随身携带的包里取出一串小佛珠，带到了丘比特的前爪上。然后他问我有没有什么陪送丘比特的东西。我挑了一个丘比特喜欢的玩具，又放了一件它穿过的衣服，正好饭桌上的花瓶里插着几枝鲜花，于是又挑了一枝黄色的鲜花。我把三样东西放在丘比特的腰际，正好盖着那个已经很小的人工肛门。男人小心翼翼地封好盒子，在上面蒙了一块丝绸制的黑布。他抱起盒子往外走的时候，大块头男人对我说："五万元请务必在今天转账到指定的账号上。"我说好。他们去百米外的停车场。我目送着他们的背影，觉得丘比特"真的走了"。

两天后，我跟教练去寺庙看丘比特。寺庙离我家并不远，但是交通很不方便。如果不开车的话，只能乘汽车去。而从汽车站到寺庙，至少也要走二十分钟。丘比特的牌位被安置在二楼。我们找到了九十七号，果然装着丘比特骨灰的白色陶罐已经摆在那里了。陶罐上有一张白色的贴纸，纸上有一排大字："依田家 爱犬丘比特号灵位"。右下角是丘比特去天国的日期，左下角是施主教练的名字。我们把镶在红木制的相框里的丘比特的照片放在骨灰罐的旁边。我将刚买的小水杯注满天然水，然后把小水杯放在骨灰罐的前边。最后，我在小水杯的旁边放了一个塑料做的小花篮。看着照片里的丘比特，我觉得一场马拉松赛跑完了，但自己输得一塌糊涂。

大约有三个月，我跟教练每个星期都去寺庙看望丘比特，后来干脆把丘比特的骨灰罐请回家，就放在我的书架里。二十年后，谷穗去天国的时候，我将丘比特的骨灰和谷穗的骨灰一起埋葬到寺庙里的共同墓地了。

三十八 注定要发生的事，躲也躲不开（二）

丘比特去天国后，我病恹恹地过了一个月，还没等利索，意外的事情跟着发生了。比丘比特的死更令人难受的事发生了。注定要发生的事，真的是躲也躲不开的。

龙介的哥哥说教练用不着去裁判所做口头辩论，虽然教练真的没去，但我们还是半信半疑，天天都在提心吊胆地等着裁判所、律师或者小宫不动产的联系。一个月过去了，没有信来，也没有电话来，也没有人来找我们。教练沉不住气了，想去埼玉县的新座看海沫，又怕这时候遇上不动产的人会给裁判带来新的麻烦。说真的，我们终究没有放弃最后的一线希望，但愿裁判的结果是让海沫支付所欠的房费，可以继续住在那个公寓里。我建议教练找中村帮忙，让中村代替他去海沫那里看看。他给中村打电话，中村当天就跑到了海沫那里，但按了半天的门铃，一直不见海沫的应答。于是中村又给小宫不动产打电话，说他想见依田海沫，但是联系不到本人。小宫不动产的人说依田海沫一个星期前就不住在那个公寓里了。中村说不动产其他的什么都没有说，他也不好问。

说好了裁判期间教练不给海沫打电话的，但现在已经顾不上这个了。教练给海沫打电话，自动回话服务说这个手机没有开机。不知道一共打过多少次电话了，自动回话服务永远都说海沫的手机没有开机。今天联系不上海沫，我们明天就接着联系他。过了好几天，我们沉不住气了，开始胡思乱想了。这很自然，海沫失踪了。最后我们做出如下的推理：裁判下来后，小宫不动产换了房门的锁，海沫回不了家，但是也没有跟教练联系，现在有可能在什么地方瞎转悠。我们去警察局报失踪，但海沫已经是成年人了，估计警察并没有倾力搜寻。有几次，我跟教练开车去埼玉县新座市，在海沫住过的公寓附近转圈子，还去近处的公园里找过，都没有发现海沫。我一直安慰教练，说海沫应该没事，因为他有教练给他的银行卡，可以用卡买食物。还说现在日本有那么多漫画吃茶店和卧舱式旅店，随便哪里都可以睡觉。我真的是这样想的。他也认为我说的可能性比较大，因为海沫真的出什么问题的话，警察早就联系他了。有一天，我们想起去银行查询海沫的账号有没有金钱上的出入，但因为不是本人,为了保护个人情报,银行不肯告诉我们结果。

教练时时刻刻不敢关手机的电源,怕海沫万一来电话联系他。很多个夜晚他睡不着觉,神不守舍地在客厅里走过来走过去,偶尔会坐在沙发上发呆。第二天不去大学的时候,我会陪着他,故意找一些没有内容的话题跟他聊。但聊不到几句,他就会把话题扯到海沫的问题上,并开始责备自己。每次想到自己的一个错误,他就会问我:"你也是这样认为的吧?"我每次都开解他说:"你对自己太苛刻了。你做得已经够好的了。海沫够幸福的了。"这时候我会不由得想起爸爸,然后很动感情地对他说:"我跟我爸爸一起生活了很多年,但印象中却想不出一件他为我做过的令我开心的事。我也想不起一句他留给我的印象深刻的话。读高中的时候,我经常会想,如果你是我爸爸就好了。因为你已经是别人的爸爸了,我就想结婚的时候找一个像你这样的人。"

这话我说的次数多了,慢慢地教练不再跟我说自己的错处,但有一天,我忘记是什么原因了,话题触及到他原来的太太。他沮丧地说:"海沫变成今天这个样子,最主要的原因还是在她那里。当初如果她……"我知道他要说什么。最近,因为海沫的原因,我想大致了解一下精神分裂是一种什么样的疾病,所以读了一些跟这方面有关的书籍。美国的精神病学者弗洛姆·赖克曼提出了"精神分裂症妈妈"的概念。之后有约翰·罗森说："精神分裂症患者的母亲具有反常的母性。"卡尔·蒂尔曼这样描述精神分裂症患者的妈妈："不拘言笑，举止得体，但完全缺乏真实情感。"玛格丽特·米德更过分，将精神分裂症患者的妈妈的罪行归纳为"双重束缚"，也就是妈妈为孩子设置的两难苦境。她举例解释：妈妈说"把妹妹拉上去"，但语气却表达了相反的"别这么听话"的含义。他们把孩子精神分裂的主要原因推在妈妈身上，认为这种妈妈童年时冷落孩子，扭曲孩子的性情，使孩子痛苦地怀疑并厌恶他人。

　　我打断教练的话说："海沫生病以后，身边的人都想找到病因在哪里。要我说的话，海沫生病的时候，正赶上青春期，或者说是反抗期。一些医学书里都说这个时期的孩子容易在精神上发生问题。忧郁了、焦躁了、错乱了等等。正好在这个时候，海沫的妈妈在他不在家的时候擅自进了他的房间，后来他知道了就跟妈妈闹别扭，后来他出现了抑郁，再后来他出现了错乱，于是你就错觉他的病因在他妈妈身上。要我看，海沫那个时期在精神上和身体上都过于敏感，他妈妈做的那件事好像花粉，让他在精神上出现了类似打喷嚏似的过敏反应。你不要生气，我觉得你这样看待海沫的妈妈，似乎狭隘了一点。尽管她有错，但是她比世上的任何人都更爱海沫。"看他不表态，我嘟囔着补充了一句："再说了，妈妈进一下房间而已，至于反感到离家出走的程度吗？有一点是我不愿意承认但偶尔忍不住会想的，就是在你和海沫的妈妈的家族史上，比如上一代，上上一代，再比如上上上一代，说不定有过精神分裂症患者。海沫的病说不定就是遗传的呢？"他对我说："你不知道，还有其他的问题，我没有说给你听罢了。"唯有这一次，我感到他有点儿"烦"，于是对他说："好吧，随你怎么想吧，反正你们已经离婚了。即使我现在努力让你去理解她，你们也不可能从头再开始了。"看我不高兴，他问我："你要不要再来一杯咖啡？"

没想到我们真的接到了警察的电话。有一个人因为"事故"死了，而死者可能是依田海沫，所以希望死者的父亲尽早安排时间去警察局确认一下尸体。教练问是什么事故。警察说等见了面，确认死者是依田海沫了以后才能告诉他有关"事故"的真相。放下电话后，教练说他不想一个人去认尸。一定是这次的痛苦太大，我还是第一次看见他的眼睛里有泪水。我认为死者未必就是海沫，但他说警察是在死者的手机里查到他的电话号码的，还说海沫的手机只记录了他一个人的电话号码。他这么说，我也觉得死者一定就是海沫了。我问他这个时候我能为他做点儿什么。他说这时候不想我安慰他，只要跟他在一起就行了。我用双手围着他的腰，用力抱了他一下。

　　结果教练还是一个人去认尸了。他从警察局回来后，我问他死者是不是海沫。他哆嗦着嘴唇说是。我理解这个时候的他有多痛苦，没有立刻问他"事故"的经过。天黑了以后，他不让我开日光灯，调光灯也开到最小。我看不清他脸上是否有泪水流下来，但从他说话的声音上，感觉到他在抽泣。他借用警察的话说，事件本身其实是一次犯罪，死者本人是加害者，而加害者的死是"事故"。看我不理解的样子，他就向我解释事情的经过。海沫去一个人的家里偷东西，被那个家里的人发现了，他想逃跑，但对方抓住他的领口给警察局打电话。他顺手抄起厨房里的刀去捅对方，结果刀被对方夺去，为了自卫，还手捅了他。警察去对方的家里时，他已经因为流血过多而死了。

　　说真的，我觉得整个"事件"的经过跟电影似的俗不可耐，但却是现实里发生的真事。教练说他想不通有了被抓的前科，海沫为什么还会去人家偷窃。我回答说："因为海沫有病，跟一般的人不一样。"我问他警察的态度，他说是"公事公办"。警察表现得冷漠也很自然。一个有前科的人偷东西，被发现时想杀人灭口，被杀的理由是受害者的自卫。总之海沫死了，被人用刀子捅死了，但受害者不是海沫。可能为了照顾海沫是一个"精神病患者"，海沫的死并没有作为新闻在电视或者报纸上被报道。说到海沫的尸体,他说他只看了海沫的脸。他说海沫脸上的神情很空洞,似乎什么感觉都没有。我想人死了,生命就消失了,感觉也随之消逝了。因为有死亡,生命才完整。死亡是生命的终结。

丘比特死了,跟着海沫也死了。这一阵子发生了这么多的意外,简直可以说是兵荒马乱。无论我们如何努力挣扎,而最后左右人的还是命运。我曾经以为失去了所爱会活不下去,但发现还是可以活下去的。只是失去后的空缺太大,令活着的人没有办法忽略罢了。悲哀具有复杂的深沉性。

我执意让教练把海沫的尸体停放到海沫的妈妈那里。理由是,除了丘比特死在病院的事一直令我后悔不堪,也因为我觉得,海沫的妈妈最终能为海沫做一点儿什么的话,感受上肯定会好很多。她尽力想挽回的"平常",也许只有死亡才能给她机会。再说了,死了的海沫已经跟我没有任何关系了,对海沫来说,我本来就属于局外人。海沫留下来的事,由他爸爸妈妈来解决好了。

教练跟海沫的妈妈商量的结果是不举办葬礼,不通知任何人,甚至包括教练的妹妹。火化的当天,殡葬车来接人之前,在海沫妈妈的家里会有一次简单的告别。至于东京大学那里,教练只打了一个通知人死了的电话。人死了,也就等于自动退学了。

三十九 权当是告别

我让教练先去海沫的妈妈家,故意比他迟到几分钟。

好久好久没有到这个家来过了,好久好久没有见过海沫的妈妈了,进门前我以为自己会紧张得爆炸,但看到海沫的妈妈一身黑衣地朝我点头鞠躬时,内心竟出乎意料地安宁。

海沫从头到脚地蒙着一块黑布,被安放在一块长方形的木板上,木板安置在客厅的正中间。说是简单的告别,其实就是教练、海沫的妈妈和我,目送海沫从这个家里出去而已。约好殡葬车十点钟来接海沫去火葬场。还剩下十分钟。也许是考虑室温不能太热的原因,海沫的妈妈没有开窗帘,房间的气息给我一种很阴暗的感觉。五分钟过去了,三个人都不说话。渐渐地,阴暗的气息似乎穿越过去的岁月,荒诞地向我扑来。我的脑子里彷徨着一大片一大片的混沌。

教练说他想借用一下卫生间。他离开后，我感到海沫的妈妈看我的眼神变得跟刚才不同。我对她说，结果真的是糟糕透顶，但我希望能帮她做点儿什么。她将两只手合起来，在胸前搓了几次，然后朝我走过来。我张开双臂，随后跟她紧紧地拥抱在一起。我知道，在这一刻，我们是用无言的友好的拥抱来怀念亲爱的海沫。

　　教练从卫生间回来后，我咬了几次下面的嘴唇，终于下决心地告诉他，我已经跟海沫做过了告别，打算先一步离开。他说好。我跟海沫的妈妈说了一句对不起。她对我说谢谢。我听见自己离开时走路的声音十分空荡。

　　在熟悉的商店街的路口，我看见一辆殡葬车停在那个砖红色的公寓下。想象教练和海沫的妈妈正在目送着海沫离开家，我不由得抬头看了看天空。太阳温暖地照着我脸上的泪水。我很想留住今天所感受到的这份痛苦。好多事情滚滚而来，又滚滚而去了，而我还没有来得及全部理解，只留下记忆中的痛。

四十 请多多关照

不过，人是这个世界上最健忘的动物。大学毕业后，我跟教练正式登记结婚，还生了个女孩。我们给小女孩起了个叫"望奈美"的名字。望奈美一直想养一只小狗，但是因为有谷穗在，我一直都没有同意。望奈美十八岁的时候，我希望她去大学攻读教育心理学，但她听了太多有关丘比特的故事，又因为是跟着谷穗一起长大的，所以执意要做动物的救世主。她成为兽医的那一天，百感交集的我痛哭流涕。无论有过怎样的经历和体验，都不会是毫无意义的。不知道在什么时候，由什么人，在什么地方，会得到意料不到的回报。

我老是会想起教练跟我求婚的那个场景。那天早上是大学的毕业典礼，他跟妈妈一起参加了。毕业典礼后我们去照相馆拍了几张纪念照。二十岁成人式的时候我没有穿和服，但毕业典礼上我穿了一件红色的配有八角图案的和服。和服是妈妈帮我挑选的，她喜欢八角设计，有鲜明的古典氛围。晚饭是在家里吃的，开了一瓶香槟。睡觉前，教练对我说："菜菜子，从今天开始，请你多多关照。"我回答说："从今天开始，也请你多多关照。"

跟钱没有关系，反正我跟教练没有举办婚礼，而是叫上妈妈跟龙介，在一家高级饭店使劲儿地吃了一顿。但教练真的带我去了一次意大利的比萨斜塔。因为比萨斜塔看起来倾斜得厉害，给我有可能会倾倒的感觉，所以跟在教练的身后向上走的时候，还真有点儿害怕呢。但正如教练所说，去比萨斜塔的顶上，才能体会到最美的其实是俯视的街景：橙色的屋顶和绿色的树构成鲜明的对比，美丽至极。

我像比萨斜塔似的倚在墙壁上让教练给我拍了一张照片，然后又拍了一张俯视的街景，然后用 Line 把这两张照片贴给了龙介。龙介马上就回话了，他对我说："我都舍不得你从比萨斜塔上下来了。"

妈妈最终没有跟那个"相好"结婚。在上海工作了三年，她还是回到了东京。本来我跟教练想搬出去租公寓住，但妈妈希望我们跟她生活在一起。

跟我和教练一样，妈妈也很爱望奈美和谷穗。四个人加一只猫，也算所谓的大家口了。教练想在伊豆或者千叶买一个小别墅，我没让他买。因为我离不开繁华的闹市。不用为钱发愁，夜里有软乎乎的羽绒被，怀里有谷穗，身边有教练，隔壁的房间有妈妈和望奈美，外边的世界有龙介，我很知足。特别是家附近有很多我喜欢的居酒屋、中国饭店、韩国饭店、印度饭店、意大利饭店、寿司店，想吃什么马上就能吃到，真的很方便。年龄大了，不知不觉地会染上一些嗜好。我的嗜好是家庭、居酒屋和发呆。说好听一点的话，发呆就是静坐。拥有这么多，在感觉上，自己活得已经很不错了。

图书在版编目（CIP）数据

菜菜子，恋爱吧 / (日) 黑孩著. -- 上海：上海文艺出版社，2023
ISBN 978-7-5321-8669-3
Ⅰ.①菜… Ⅱ.①黑… Ⅲ.①长篇小说—日本—现代
Ⅳ.①I313.45
中国国家版本馆CIP数据核字(2023)第099470号

发 行 人：毕　胜
责任编辑：江　晔　余　凯
营销编辑：李维佳
封面设计：韦　枫
封面插画：林　田
版式设计：亚　基

书　　名：菜菜子，恋爱吧
作　　者：[日] 黑　孩
出　　版：上海世纪出版集团　上海文艺出版社
地　　址：上海市闵行区号景路159弄A座2楼 201101
发　　行：上海文艺出版社发行中心
　　　　　上海市闵行区号景路159弄A座2楼206室 201101 www.ewen.co
印　　刷：苏州市越洋印刷有限公司
开　　本：1240×890 1/32
印　　张：9
插　　页：2
字　　数：152,000
印　　次：2023年6月第1版 2023年6月第1次印刷
Ｉ Ｓ Ｂ Ｎ：978-7-5321-8669-3/I.6822
定　　价：55.00元
告　读　者：如发现本书有质量问题请与印刷厂质量科联系　T:0512-68180628